Revendiquée par le Zandian

Renee Rose

Rebel West

Traduction par
Catherine Tessier

RENEE
ROSE
claimed by love

 Réalisé avec Vellum

Livre gratuit de Renee Rose

Abonnez-vous à la newsletter de Renee

Abonnez-vous à la newsletter de Renee pour recevoir livre gratuit, des scènes bonus gratuites et pour être avertie de ses nouvelles parutions !

https://BookHip.com/QQAPBW

Chapitre Un

Z *ina*

Je me baisse et serre dans mes bras l'enfant que je considère comme la mienne.

— Ne pleure pas. Ça va, chérie. Tu seras plus en sécurité comme ça.

Elle m'enserre la taille de ses bras et renifle. Ses cheveux détachés, fraîchement coupés, me chatouillent le menton. Je suis folle d'inquiétude. Elle ne chouine pratiquement jamais, d'habitude. Ma mauvaise jambe me lance. Je change de position pour soulager la douleur le long de mon nerf. Toute la marche des derniers temps l'a irrité et l'a fait gonfler.

Un oiseau crie au-dessus de nous dans l'air du soir. Je lève la tête et examine le ciel.

— On doit rentrer.

Je la laisse partir avec douceur, puis je jette ses boucles noires et les miennes, auburn, dans le trou que j'ai creusé avec ma botte dans le champ en jachère. De la terre et des cailloux les cacheront pour que personne ne les remarque. Je glisse la pierre aiguisée que j'ai utilisée comme couteau dans ma poche.

— Je suis désolée, Enya. Tu sais que tes jolis cheveux attirent trop l'attention des mâles ocretians. Mieux vaut les garder à la garçonne, lui dis-je en passant une main sur ses courtes pointes épaisses. Porte toujours ta capuche. Et continue de mettre de la boue sur ta peau. Tu n'auras plus à le faire longtemps.

J'étire mon mollet en plantant mon pied dans le sol et me penche en avant : parfois, ça me soulage.

Elle renifle.

— Je ne pleure pas à cause de mes cheveux. C'est... il se passera quoi, ensuite ?

Je l'ai amenée à l'écart pour changer sa coiffure parce que j'ai vu certains gardes la reluquer. Elle a seulement neuf cycles solaires, mais ça n'empêchera pas ces monstres d'abuser de son corps pour leur plaisir s'ils trouvent un moyen de le faire sans que le maître s'en rende compte.

Je la serre contre moi, son épaule décharnée m'est aussi familière que ma propre main. J'aimerais tant pouvoir nous faire sortir de ce trou à rat d'un coup de baguette magique ! Partir vers un endroit chaleureux où on serait en sécurité, où les humaines ne sont pas exploitées pour le travail, le sexe ou toute autre chose que les Ocretians peuvent imaginer.

— On m'a de nouveau désignée comme ta tutrice pour la fin de ce cycle solaire. Alors, tu n'as pas à t'en faire.

Je m'efforce de mettre une note positive dans ma voix.

L'enfant est mon apprentie pour les tâches domestiques chez notre maître depuis qu'elle a quatre cycles solaires. On me confie souvent les jeunes esclaves pour que je m'en occupe et les forme à mon travail puisqu'il est plus flexible que d'autres.

Elle lève la tête. Ses yeux verts, striés de filaments rouges, brillent de larmes. C'est une jolie fillette – d'une beauté dévastatrice avec ses cheveux foncés, sa peau pâle et ses grands iris émeraude. Ses fossettes et sa bouche en forme de cœur lui ont rendu service quand elle était plus petite – même les horribles Ocretians la trouvaient mignonne pour une humaine. Mais maintenant, c'est ce qui m'inquiète.

— Quand le temps sera écoulé, il se passera quoi ?

Sa menotte s'accroche à moi, comme si elle je pouvais lui garantir la sécurité quand elle se serre contre moi.

— Dans moins de trois cycles solaires, je serai en âge.

Je déglutis péniblement.

— Je l'ignore. Je ne suis pas certaine.

C'est faux.

Quand elle aura douze révolutions, elle sera éligible, selon les règles ocretiannes, à la vente aux enchères sur les marchés. Et nous savons toutes les deux pour quoi elle sera achetée – la reproduction ou le plaisir. Le pire dans tout ça, c'est que nous serons séparées. Nous sommes devenues une famille, elle et moi.

Le maître pourrait la garder, bien sûr – en tant qu'esclave domestique, comme moi, pour élever des jeunes et s'occuper des corvées ménagères. Il pourrait aussi la vendre à une ferme agroalimentaire, pour les récoltes.

Mais je l'ai entendu dire avec d'autres Ocretians que les humaines vierges rapportent gros, même celles qui n'ont pas été entraînées pour le sexe. *Surtout* celles-là, en fait. Il se vantait d'avoir le plus grand nombre de Terriennes approchant de la maturité pour les prochaines enchères. Enya en fera certainement partie quand elle aura douze cycles. Elle est trop intelligente pour que je le lui cache.

— Ils vont m'emmener dans un endroit pire qu'ici, prophétise-t-elle avec difficulté. Tout ce que je veux, c'est...

Elle ne termine pas sa phrase.

Les paroles qui suivent me glacent le sang.

— Chaque fois que j'espère ou que j'aime quelque chose, on me l'enlève. De temps en temps, je me dis que ça ne vaut plus le coup.

Cette enfant n'est pas la mienne, pourtant, je tiens à elle comme si je l'avais mise au monde. Je l'ai élevée depuis qu'elle a été achetée à un reproducteur quand elle était en bas âge.

Je lui fais une promesse, même si je ne parviens pas à imaginer de solution.

— On va trouver un moyen de rester ensemble. Ou je vais m'assurer que tu seras envoyée sur une planète correcte.

Je dois faire le nécessaire. Je serre sa frêle stature contre la mienne. Il y a peu de risques qu'on désire me vendre – avec ma stérilité forcée par implant et ma jambe blessée qui ne se remettra jamais, je ne vaux pas grand-chose.

Mais elle pourrait s'en sortir, si je peux trouver un moyen de lui dénicher un meilleur endroit.

— Ne dis pas ça, répliqué-je durement. Les humains n'abandonnent pas. Enya, quelque part là-haut, dans les étoiles, ta mère et tes frères et sœurs pensent à toi.

S'ils ne sont pas morts. Ils ont certainement péri il y a longtemps. Nous ne le saurons jamais. C'est l'une des raisons de la douleur des Terriennes dans cette galaxie.

— Si tu le dis, répond-elle d'un ton apathique.

— On va trouver quelque chose, insisté-je en réprimant mes propres larmes. On est intelligentes et fortes. Tu dois y croire au fond de toi. Fais-le pour moi.

Elle hoche la tête et s'enferme dans le silence. Nous restons ainsi un moment sous la brise et les soleils couchants étincelant au-dessus de nous, trompeusement agréables puisqu'ils brillent sur cette planète pleine de cruauté. Mais on ne peut pas s'attarder ; je dois aller dans les baraquements pour l'appel du soir.

Cela a été un vrai défi d'être chargée de livrer des biens aux travailleurs des fermes. Cela m'a permis de glaner ce court laps de temps pour notre coupe clandestine.

— Si quelqu'un te pose des questions sur tes cheveux, dis seulement qu'on a été infectées par des puces des blés en marchant à travers les champs à l'orée de la forêt et qu'on a dû s'en occuper.

Je me suis déjà servie de cette excuse. Personne ne se soucie réellement de moi, mais le maître commence à veiller de plus près sur Enya. Il est possible que ce soit la dernière fois que je peux camoufler sa beauté.

— J'aimerais qu'on puisse utiliser cette pierre coupante pour tuer le maître.

— Moi aussi. Mais on ne peut pas.

J'y pense sans cesse, mais même si nous y parvenions, nous n'aurions aucun endroit où aller. Les esclaves qui blessent des Ocretians sont mis à mort ou violemment punis.

— On doit trouver un moyen de partir d'ici, ajouté-je.

Elle hausse les épaules, alors je deviens plus insistante.

— Si notre Terre-Mère le veut, on y arrivera, affirmé-je en m'éloignant d'elle pour lui prendre la main. On a trois cycles solaires. Reste forte juste encore un peu.

Elle accepte ma main, mais elle demeure silencieuse sur

le chemin du retour et garde la tête baissée. Ce n'est qu'avec mes meilleures chansons et des paroles enjouées que je parviens à la maintenir dans un semblant de normalité – le maître soutient que les humains ne doivent pas afficher des visages boudeurs et des voix pleines de larmes. Ils peuvent entraîner de douloureuses punitions électrifiées jusqu'à ce qu'on apprécie plus le « luxe » qui nous est accordé.

Pour le moment, j'ai réussi à en protéger Enya, mais plus elle vieillit, plus elle attire le regard de notre seigneur... Je ne pourrai plus lui servir de bouclier très longtemps.

Toute ma vie, j'ai aimé m'occuper des jeunes et j'ai rêvé d'en avoir un à moi. Tous les petits que j'ai élevés m'ont été enlevés – transférés pour d'autres tâches ou vendus. Je ne veux pas perdre aussi Enya.

Je ne peux pas.

* * *

Tarek

— Tu es paralysé ? Tu es lent !

Je frappe l'épaule du capitaine Drayk.

Mon poing percute parfaitement son tendon, même si je ne le vois pas de mes yeux.

— J'essaie seulement de maintenir un rythme à ta portée, grogne-t-il en ignorant mon coup.

— Ton équipement est prêt ?

Je sens l'air se déplacer quand il hoche la tête pour acquiescer et mon transpondeur audiovisuel envoie les signaux de mouvement à mon cerveau pour qu'il les interprète. Je me remets à ses côtés, sachant exactement où et quand il change de position, grâce au retour de la vague sonore. Je me tourne et pointe le pont de navigation du vaisseau.

— Statut : achevé à cent pour cent. Les systèmes ont été améliorés et je suis connecté. On peut partir.

— Parfait !

Je ferme les yeux et me concentre. Cela ne prend qu'une fraction de seconde avant que je sente les informations dans ma tête. Je ne perçois pas les choses comme les autres êtres, mais je les ressens – en profondeur, en largeur et en hauteur. Je comprends les dynamiques rotationnelles de l'approche des astéroïdes et j'analyse leur trajectoire en un clin d'œil pour les éviter. Tout cela grâce à la technologie que le docteur Daneth a implantée dans mon cerveau, une avancée qui mélange le silicone et l'électricité à ma biologie pour me permettre d'effectuer des tâches de navigation que même les Zandians voyants ne peuvent accomplir. C'est dommage qu'il n'en soit pas de même pour le combat.

Je repousse cette pensée de mon esprit.

— Je suis conscient que le voyage sera dangereux. Je suis parfaitement préparé.

— Bien.

Il se redresse ; je le sais parce que son signal grandit dans mes capteurs. C'est une marque de confiance en soi. Je suis fier d'être utile. En tant que Zandian handicapé, je suis heureux d'apporter une contribution à la société d'une manière aussi significative.

— Ce sera une opération risquée. Pas seulement pour parvenir là-bas. Une fois sur place, ça ne sera pas une simple exfiltration.

Son ton est plus sombre.

Nous restons silencieux une seconde.

— C'est la plus âgée des deux, c'est ça ? demandé-je en m'éclaircissant la gorge.

— Oui. Nous l'avons localisée à l'aide des disques que nous nous sommes procurés lors de la dernière mission. Le roi Zander affirme que nous avons une petite fenêtre pour la sauver pendant la prochaine vente d'esclaves.

— Tu vas enchérir sur elle ?

Je fronce les sourcils. Même si je ne vois pas, je prends automatiquement une expression identique aux autres, d'après ce qu'on m'a raconté. Je ressens la façon dont mon visage réagit aux stimuli.

— Non. Les Zandians ne peuvent pas assister aux enchères, en ce moment, en présence des Ocretians – c'est trop dangereux. Nous allons la voler à celui qui l'emportera.

— C'est vraiment risqué !

— On dit qu'elle sera vendue sur Marall-9. Les acheteurs potentiels seront les habitués, d'autres Ocretians et différentes espèces. Marall-9 est une planète sans lois – c'est pour ça qu'ils la choisissent. Souvent, les femelles n'ont pas atteint leur maturité, pourtant, elles sont quand même proposées comme esclaves sexuelles.

Je frissonne.

— Notre galaxie contient bien des horreurs ! Si les étoiles le veulent, nous la sauverons.

— Oui, acquiesce-t-il d'un ton songeur. C'est bien connu que les acheteurs sur Marall-9 viennent avec un lourd protocole de sécurité parce que les vols sont monnaie courante. On va utiliser des déguisements pour s'emparer de l'humaine. Même s'il est certain qu'ils ne leurreront pas les Ocretians si on subit une inspection en bonne et due forme, pour une courte rixe, on pourra se camoufler sous l'apparence d'autres espèces.

— J'ai mémorisé la carte des étoiles, indiqué-je en me

tapotant la tête. Avec une combinaison de mon propre esprit et l'ajout de silicone. Vous devriez tous en prendre.

Je glousse.

— Je pensais que le docteur Daneth avait dit que c'était encore trop récent pour l'ensemble de la population.

Il rit.

— Si c'était aussi facile, on l'aurait tous fait, souligne-t-il. Imagine ce que nos guerriers pourraient faire avec la vue et ton implant technologique.

— Oui.

Je grimace en me souvenant à quel point l'opération avait affecté mes nerfs. Je n'avais pas pu marcher pendant presque un cycle solaire – et j'avais réussi à combattre la paralysie seulement grâce à une thérapie douloureuse. Chaque rotation planétaire était un cauchemar de doutes.

— Il est trop tôt pour tenter ce genre de chirurgie sur d'autres Zandians que des handicapés. J'étais un rebut, alors ce n'était pas trop grave de faire cette expérimentation sur moi.

Drayk se renfrogne. Je le sais parce que mes senseurs indiquent que ses muscles ont bougé en faisant descendre la commissure de ses lèvres.

— Je n'aime pas t'entendre parler de manière aussi néga-tive. C'est important pour nous d'être forts et optimistes. Surtout avant une mission.

— C'est qu'une blague.

— Vraiment ?

Il me fixe.

Je détourne la tête.

— Je suis prêt pour le départ.

— Parfait !

Il pivote et l'air déplacé m'indique le volume de sa silhouette et la direction qu'il prend.

— Le reste de l'équipage est en cours d'embarquement. Prépare les stats de navigation, ajoute-t-il.

— Oui, capitaine. J'attends les ordres.

C'est mon meilleur ami, mais en mission, c'est mon patron et, en tant que Zandian, je lui accorde tout le respect dû à son rang.

Chapitre Deux

Z*ina*

— Non ! Zina !

Je me réveille brusquement en entendant les cris qui retentissent dans notre baraquement d'esclaves. Pendant une fraction de seconde, je crois qu'Enya fait un cauchemar – jusqu'à ce qu'un faisceau de lumière transperce l'obscurité de nos quartiers nocturnes.

— Celle-là, la jeune humaine aux cheveux noirs. Prends-la. Code-barre 55 497.

C'est un garde ocretian. Et il pointe Enya.

— Ah, je la reconnaîtrais sans les chiffres ! Je l'achèterais moi-même si j'avais les *steins*.

Un mâle puant la reluque. Elle se recroqueville en pleurant de terreur.

Je me lève d'un bond, plisse les yeux et grimace sous les

lumières qui clignotent et dansent devant mes yeux. J'enserre la fillette à côté de moi, elle tremble de peur.

— Zina, ne les laisse pas m'emmener ! chuchote-t-elle en sanglotant.

Elle s'accroche fermement à moi.

Le garde ocretian s'approche de nous, son bâton électrifié pétillant avec son filament bleu crépitant sur le bout en métal. Je me tourne et tends les muscles en espérant protéger Enya de la douleur.

Mais elle ne vient pas, pas cette fois.

— Attends. Le maître a ordonné de ne pas les endommager, lance une voix dure.

Je jette un regard par-dessus mon épaule pour les voir. Enya enfouit sa tête dans mon cou.

Un superviseur lève la main.

— L'être qui infligera une seule ecchymose à la petite en paiera le prix fort. Elle va sûrement décrocher un beau pactole aux enchères. Elle doit être en parfaite condition.

Je serre les poings.

— Non ! C'est une erreur. Elle n'a pas l'âge pour être vendue. Elle n'a que neuf cycles solaires !

— Il a trouvé un endroit où les plus jeunes sont autorisées, siffle le garde.

Je m'impose pour me rebeller.

— Le maître a donné son aval pour que je sois sa tutrice et que je la forme au travail de maison pendant toute la prochaine révolution.

Enya sanglote et se presse contre moi. Sans réfléchir, je la serre dans mes bras aussi fort que je le peux.

— Ce n'est qu'une jeune. Laissez-la tranquille, insisté-je.

— Ce n'est pas ta juridiction, réplique le garde le plus

proche en levant son bâton, mais un regard de son supérieur le fait reculer, bien qu'à contrecœur.

— Prenez également la nounou. Nous disposerons d'elle plus tard si nécessaire.

Le superviseur se renfrogne, il m'évalue avant de jeter un œil vers la porte.

— Emmenez seulement la fille aux enchères.

— Pourquoi on ne les met pas sous tranquillisant ? s'informe le mâle en colère en portant la main au holster à sa ceinture.

— Tu as des oreilles ? Le maître a dit : immaculée. Il ne voudra pas d'une poupée de chiffon toute molle avec de la bave aux coins des lèvres. Les acheteurs aiment voir des larmes et une peur authentiques.

Il rit.

Les gardes nous saisissent brutalement toutes les deux, mais sans nous marquer.

Enya recouvre sa propre bouche pour étouffer ses cris quand la porte de métal grillagée de la caisse pour deux où on est enfermées est claquée.

— Maintiens-la silencieuse.

Le superviseur s'approche et me regarde droit dans les yeux.

— Je ne peux pas lui causer de blessure, mais à toi, oui, précise-t-il.

Il fait passer son bâton électrifié entre les barreaux et pousse Enya sans l'allumer. La fillette tressaille et hurle de terreur, même sans subir la décharge.

— Et toi, si tu veux épargner à ta gardienne de perdre un doigt ou deux, tu vas la fermer. Tout de suite. Et ne parle pas avant que je te le demande ! renchérit-il.

Enya devient muette, ses grands yeux écarquillés, brillants de larmes.

L'homme et ses gardes rient. Ils se donnent des claques dans le dos et font des blagues grivoises. Ils le félicitent d'être le meilleur pour mater les esclaves difficiles et clament que c'est la raison pour laquelle le maître lui accorde ses faveurs.

Puis nous sommes emmenées sur un vaisseau, vers un destin pire que la mort.

Et je n'ai pas de plan.

Je me suis occupée d'Enya sur cette planète depuis son arrivée lorsqu'elle n'était qu'un bébé, enlevée à sa véritable mère, une reproductrice, et je l'aime comme si c'était la mienne. En tant qu'esclave domestique, j'ai eu une existence plus facile que les femmes destinées au plaisir ou au travail dans les champs. J'ai protégé Enya des blessures et lui ai enseigné autant de choses que possible. Ensemble, nous avons navigué dans la vie de servitude aux mains des Ocretians et avons fait durer les petits bonheurs quand nous le pouvions.

J'avais espéré trouver un moyen de lui apporter la liberté avant qu'elle ait l'âge d'être vendue.

Mais il est maintenant trop tard.

* * *

Tarek

— Capitaine, nous avons le feu vert pour atterrir. Notre vaisseau est camouflé, nous passons pour des négociants daglans.

J'indique les coordonnées et je grogne.

— Même si la tour de contrôle n'en a rien à faire, cette

planète ne se soucie pas vraiment des accords interstellaires et des conventions pour un traitement équitable.

Drayk se racle la gorge.

— Cette faible préoccupation est à double tranchant.

J'acquiesce et utilise mon lien mental pour amorcer une descente des propulseurs vers notre emplacement assigné sur le tarmac.

— Ils ne s'inquiètent pas de l'endroit d'où on vient ni de notre sécurité.

Le vaisseau vibre à peine en arrivant au sol.

— Et voilà !

Le capitaine ne prend pas la parole tout de suite.

— Tarek va attendre ici et s'assurer qu'on soit prêts à décoller. Zane et moi allons nous déguiser en négociants et assister aux enchères.

Une partie de moi veut protester. Leur dire que je les accompagne pour garantir la sécurité de la fillette et, si besoin, me battre pour regagner notre bâtiment.

Mais peu importe à quel point mes prouesses de navigation peuvent être spectaculaires grâce à mon implant, issu de la haute technologie, je reste hésitant sur le terrain. La cécité est un désavantage, malgré tous mes entraînements avec nos meilleurs guerriers.

Je serre la mâchoire.

— Compris.

— Si on ne rentre pas...

Je me lève et croise les bras sur mon torse.

— Vous reviendrez. Ce n'est pas même une option.

— Je suis d'accord. Néanmoins, tu connais le protocole.

Je n'abandonnerai jamais mon capitaine et il le sait. Je lui fais tout de même un signe de tête.

— Oui, capitaine.

L'instant d'après, ils sont partis et me laissent seul. Mais il me reste beaucoup à faire et je me penche sur les consoles, je vérifie et ajuste les senseurs périphériques. Je suis habile avec un paralyseur et avec les armes à longue portée, tant que ma cible émet de la chaleur à proximité.

Et je ferai tout pour préserver la sécurité de mes frères sur cette mission.

* * *

Zina

Ils l'ont habillée d'une robe diaphane qui montre sans problème son corps svelte et ils ont déposé une couronne de fleurs sur sa tête. C'est horriblement inapproprié, parce qu'elle est toujours une enfant immature. Mais sa beauté éblouissante, malgré ses larmes et sa terreur, est à s'en décrocher la mâchoire. Elle est propre, sa peau pâle a été frottée pour lui donner bonne mine et ses courts cheveux noirs ondulent autour de son joli visage comme des vagues. Je lui serre la main et mon regard frénétique fuse dans toutes les directions, cherchant désespérément de l'aide.

Je n'en vois nulle part.

Nous sommes dans un grand local avec un plafond en forme de dôme si haut au-dessus de nos têtes qu'on pourrait croire qu'il est sur une autre planète, ses fenêtres de toit laissent passer la rude lumière du soleil de la mi-journée. La salle est si vaste, et l'air si plein de poussière provenant du sol de terre battue que la pièce semble avoir une *aura* surnaturelle. Plutôt celle d'un cauchemar, quand on fait un tour d'horizon et qu'on remarque le nombre incalculable de femelles mises en vente, chacune postée sur son estrade.

À côté de moi, Enya pleure. Ses mains sont liées avec une corde douce ; la mienne a un tissage plus grossier et m'a déjà entaillé les poignets en plusieurs endroits. La fillette a également un nœud coulant autour du cou, l'autre extrémité est attachée à un poteau de métal planté sur son perchoir. Si elle essaie de s'échapper, elle mourra étranglée.

Ils n'ont pas pris cette peine avec moi. Ces idiots n'ont même pas vérifié mes poches. J'ai toujours ma pierre.

— Ils vont ouvrir d'une minute à l'autre.

Elle tremble de tout son être. On entend la foule de l'autre côté des grandes portes en bois, et les femelles qui ont une certaine liberté de mouvement – certaines sont étroitement ligotées – regardent toutes vers l'entrée, les yeux remplis de terreur.

— Silence ! rugit le maître des enchères à travers un haut-parleur. Si une esclave désobéit aux ordres ou essaie de s'échapper, elle sera exécutée. Nous en avons beaucoup et même s'il en manque quelques-unes, ce ne sera pas une grosse perte. Soyez reconnaissantes de ne pas être déjà mortes.

Il ricane.

Le responsable des ventes local, celui qui s'occupe d'Enya et d'une douzaine d'autres, nous lance un regard. Tous les mâles présents, les gardes et le personnel de l'entrepôt la désirent. Je suis sûre qu'ils pourraient s'enfuir avec elle en un claquement de doigts s'ils pouvaient s'en tirer.

Je déglutis péniblement tout en fomentant mon plan.

— Enya, lui murmuré-je sans remuer les lèvres, voici ce qu'on va faire. Dès que la porte va s'ouvrir, la foule va s'engouffrer. C'est à ce moment-là que je vais agir. Je vais utiliser la pierre dans ma poche pour libérer tes poignets et je vais retirer la corde de ton cou. Ensuite, tu t'empareras de ma cape, tu la jetteras sur toi pour t'enfuir.

Je peux déjà la voir dans mon esprit, sa silhouette camouflée et ses brillantes boucles noires ensevelies sous le morne tissu, courant vers la sortie avec souplesse et rapidité. Je poursuis :

— Tu dois faire profil bas et garder la tête baissée. Cours vers les vaisseaux. Essaie d'obtenir l'asile sur Brogan ou Di'i-nar ; ils ont la réputation d'être plus justes.

Je prends une grande inspiration et force la bile à redescendre dans ma gorge.

— Je... vais faire diversion pour te faire gagner du temps.

Je voudrais courir aussi, mais ma mauvaise jambe a souffert pendant le transport. J'ai peur de ne parvenir qu'à la ralentir.

— Je ne peux pas partir sans toi.

Elle écarquille ses yeux vitreux. Sa respiration devient rapide et superficielle. Elle chancelle.

Je lui attrape les mains et les serre tout en prenant un ton dur pour avoir son attention.

— Enya. Tu peux et tu le feras. Tu vas te mettre en sécurité. C'est clair ?

J'insuffle à mes paroles autant d'autorité que je peux rassembler.

Ses doigts sont si froids, par la Terre !

— Ils vont me tuer si j'essaie.

Elle élève la voix.

Je regarde autour de moi dans la pièce.

— On est toutes mortes.

En tordant mes bras d'un côté, je peux insérer une main dans la poche de mon pantalon. Je palpe le couteau de pierre et expire.

— Mais tu as une dernière chance, ajouté-je.

Tout en paraissant la réconforter, je commence à scier les cordes qui lient ses poignets. Ils mettent une matière collante à base de résine sur le nœud, mais je pense que ma pierre est assez aiguisée pour l'entailler.

— Fais-le pour ta mère. Elle t'attend quelque part.

En prononçant ces paroles, je sens une sorte de chaleur grandir en moi, comme si je disais la vérité. En fait, je n'ai jamais cru que sa famille était toujours vivante ; les chances sont si minces ! Mais en cet instant, j'ai presque l'impression que dans un recoin de la galaxie, quelqu'un acquiesce.

— Très bien, répond-elle d'une voix basse et déterminée. Je le ferai.

— Tu peux y arriver, lui assuré-je. Tu te souviens de toutes ces courses et ces sauts que je t'ai fait faire dans les champs ? Les manœuvres d'entraînement ?

Je ne suis pas combattante, mais j'ai créé des parcours d'obstacles et de fausses tentatives d'enlèvement pour qu'elle franchisse les premières et évite les secondes.

— Je crois en toi.

Elle lève les yeux vers moi.

— Mais je veux que tu viennes. Comment tu vas pouvoir te mettre en sécurité ?

Je détourne le regard.

— Je vais faire de mon mieux pour trouver un autre vaisseau.

Je n'y survivrai pas. Mais elle est comme ma fille et je donnerais tout pour elle, même ma vie.

Puis le spectacle commence. Les portes s'ouvrent avec un fort grincement de rouille et la horde puante de mâles se déverse à l'intérieur, comme une vague fétide d'eaux usées. Immédiatement, la salle se remplit de cris, de hurlements, de pleurs, de rires et de mots de colère quand des êtres sélectionnent des esclaves et se battent pour avoir les meilleures prises.

Enya est tout de suite encerclée. Trop vite. Je suis loin

d'avoir terminé avec le premier gros brin de la corde que déjà, le commissaire-priseur la tire hors de ma portée. Je peux à peine remonter mon poing dans ma manche pour cacher le couteau.

— Elle est à moi, je l'ai vue le premier ! siffle un Ocretian sordide avec une verrue au menton.

— Pas si je la veux. Et je vais en payer le double du prix demandé en *steins* !

Un Groth à proximité grogne et tapote son épée avec un air entendu en plissant ses trois yeux.

— Je peux en donner le triple, intervient un Waq dont les yeux coulent sur sa cape accrochée à sa poitrine, puisque son espèce est habituée à des atmosphères riches en oxygène.

Enya gémit et je ne peux même pas la toucher pour la réconforter.

— C'est quoi, cette femelle qui est avec elle ?

Une créature fait un signe dans ma direction en grimaçant de dégoût.

— Celle avec... la jambe.

Le commissaire-priseur fait un sourire suffisant.

— Un cadeau, un bonus à l'achat.

— Sortez-la du champ de vision. Elle m'empêche de voir la jolie esclave. Et détachez son cou pour que je puisse la toucher.

Le commissaire lève les yeux au ciel.

— Pour le quadruple en *steins*, je le fais.

Les créatures avancent l'argent. Je suis tirée sans cérémonie hors de l'estrade et jetée par terre aux pieds du commissaire-priseur. Il m'assène un coup de pied.

— Reste là jusqu'à ce qu'on ait besoin de toi, sauf si tu veux qu'une dague te traverse la gorge, me menace-t-il d'un ton vicieux.

Il me donne un autre coup dans la figure pour faire bonne mesure.

J'ai les côtes qui brûlent. Je pense qu'il a dû en casser une avec sa botte, mais je me redresse et essaie de me lever. J'ai peut-être encore une chance de la sauver. Au moins, dans l'échauffourée, mes poignets se sont libérés de la corde.

Maintenant, ils touchent Enya : son visage, ses cheveux, ses mains. Quand quelqu'un va pour effleurer ses seins, je deviens folle. Je rugis.

— Non !

Je poignarde de toutes mes forces l'être le plus près de moi à la jonction de la cuisse et du tronc et je tourne la lame.

Il tombe en poussant un cri haut perché si violent et soudain que j'en recule presque de surprise, puis je frappe sans relâche jusqu'à atteindre l'estrade et Enya.

— Viens ! hurlé-je.

— Je suis blessé. Allez chercher un médecin !

Celui que j'ai touché à l'aine en premier est à l'agonie et la foule autour de nous se bouscule et s'écarte.

Pendant une fraction de seconde, Enya n'est plus le centre de l'attention.

C'est loin d'être l'approche élégante que j'avais espérée, mais je me saisis d'elle, ses mains sont toujours liées, puis je trébuche, la douleur dans mes côtes me donne envie de pleurer. Je parviens à retirer ma cape et à la jeter sur sa tête.

— Oh, par la Terre ! Cours ! l'exhorté-je. Je...

L'élancement à mon côté est comme une lame de feu.

— Pars ! sifflé-je en tombant à genoux.

— Non. Pas sans toi. Si tu veux me sauver, sauve-toi toi-même ! m'ordonne-t-elle.

Je ne l'ai jamais entendue parler avec autant de force. Elle se redresse et mon cœur se fige.

— Enya, commencé-je. Ma jambe !

— Zina, on s'enfuit ensemble ou pas du tout, reprend-elle en me tirant les mains. Je ne veux pas perdre la seule famille que j'ai.

Nous n'avons pas le temps d'argumenter, alors je me force à me relever, étourdie par la douleur, je titube à côté d'elle.

— Dès qu'ils nous remarqueront, je créerai une diversion, dis-je en haletant.

Lorsque je me touche la bouche, je découvre du sang sur mes doigts. Je l'essuie sur mon pantalon et je ressens soudain une nouvelle vague d'énergie.

— Par ici.

Je lui tire le bras vers le mur, un espace sans estrade où la foule est moins dense. Des créatures se dirigent toujours vers l'endroit où se tenait Enya, puis on entend un cri...

— Elle s'est échappée ! Retrouvez-la !

— Par la Terre, on doit se dépêcher !

Je déglutis une gorgée de sang. Du fer et de la poussière.

— Enya !

L'adrénaline atténue la douleur. Nous filons et nous précipitons toutes les deux, c'est comme si nous étions de retour dans les champs sur Ocretia pour réaliser les entraînements que j'avais imaginés. C'est presque beau, la manière dont nous travaillons ensemble, et nous parvenons rapidement à proximité de la porte.

Nous esquivons deux Ocretians seulement pour aller percuter deux torses fermes.

— Pardon ! marmonné-je en levant les mains tout en gardant les yeux baissés. Excusez-nous.

Enya est bien cachée sous la cape volumineuse et si nous arrivons simplement à éviter ces deux-là, nous apercevrons l'aérodrome...

— Non. Attendez !

Le premier des deux parle, sa voix est profonde et autoritaire.

— Montrez-moi vos visages.

— Continue d'avancer, murmuré-je à Enya.

Nous essayons de les contourner.

Le second nous attrape les bras, ses mains sont si grandes et puissantes que même mes biceps musclés semblent être des brindilles entre ses doigts.

— J'ai dit : montrez vos visages.

Il me remonte le menton. Horrifiée, je regarde sa tête, qui est argenté et violet, couverte de verrues. Un Mauk. Ses yeux, toutefois, n'ont rien à voir avec ceux des Mauks que j'ai rencontrés. Ils ont l'air bien plus intelligents, curieux. Ils ont une couleur intéressante aussi.

— Une humaine.

Il se tourne vers son compagnon et prononce quelque chose dans un langage que je ne comprends pas.

— L'autre ?

Il pointe Enya.

— Laissez-nous partir.

Ma voix est étrangement ferme.

— Vous vous sauvez d'une vente aux enchères, répond-il en me fixant, mais sa prise ne se desserre pas. Vous êtes soit des esclaves en fuite, soit des guerriers désirant vous venger.

Il m'examine des pieds à la tête. Un petit sourire s'esquisse sur ses lèvres grises.

— Et je doute que ce soit la seconde option. Dans tous les cas, rapprochez-vous, ajoute-t-il.

— Vérifie son code. Et dépêche-toi !

— Gardez-la tête baissée.

Le premier fait glisser la cape de la tête d'Enya et ils la cachent tous les deux de la vue des autres pendant qu'ils contrôlent les chiffres tatoués sur son cou délicat. Je présume qu'ils veulent conserver la prime pour eux, mais je suis étonnée par leur comportement respectueux – si on peut considérer leurs demandes et leur inspection comme respectueuses. Toutefois, leurs gestes sont étrangement doux…

— Ça correspond. Par les étoiles, on doit la sortir d'ici au plus vite !

Il y a de l'urgence dans sa voix.

— Tu viens avec nous !

Le premier guerrier rabat la capuche d'Enya sur sa tête et la prend dans ses bras.

— Garde ton visage caché.

— Non ! hurle-t-elle.

Il grogne.

— Écoute, nous ne te ferons aucun mal, d'accord ? Il faut juste que tu te tiennes tranquille ou nous mourrons tous.

Mon esprit s'envole. Les Mauks sont moins violents que d'autres espèces, certainement moins que ceux qui enchérissaient sur elle.

— Enya… va avec eux, l'imploré-je. Tu auras une meilleure vie… que ce que nous avons ici.

Je regarde autour de moi toute l'ampleur de la misère, et ma vue commence à se brouiller.

— Et je ne peux plus… t'aider, lui dis-je en inspirant.

Je tombe à genoux.

— Ne t'en fais pas pour moi.

— Je ne pars pas sans elle. Non !

La voix d'Enya tremble et s'élève dans un cri et le premier plaque une main sur sa bouche.

— *Bordix*, elle a du coffre !

— Emmène la seconde aussi.

— Bien sûr. On ne laisse jamais un humain derrière nous.

Chapitre Trois

Tarek

— Mission accomplie, fais-nous sortir d'ici – tout de suite !
ordonne le capitaine Drayk quand Zane et lui remontent à
bord.

Je ne les vois pas, mais mes capteurs enregistrent les
silhouettes de deux guerriers, transportant une petite
humaine chacun.

Je ramène mon attention sur les commandes et les
instruments pour amorcer les manœuvres.

— Attachez-vous pour le décollage, dis-je mécani-
quement.

— On n'a pas le temps, vas-y ! aboie Drayk.

Alors, je tire sur les leviers et le vaisseau s'élève d'un
coup. Quand il fait une embardée, le capitaine perd sa prise
sur la femelle, ou elle s'est débattue et a réussi à lui échapper. En tout cas, son corps frêle glisse à travers l'appareil et

me percute. Mes capteurs enregistrent son gabarit et sa forme. Elle semble être pleinement adulte, bien qu'un peu petite.

Mes bras se referment autour d'elle sans réfléchir et je l'attire contre moi pour la stabiliser.

— Doucement. Je suis là.

Les mots me viennent tout seuls et me surprennent. Je ne suis pas du genre à interagir avec le sexe opposé. Je suis défectueux, je ne peux donc pas prendre de compagne. De plus, ma taille et mes manières un peu bourrues effraient les femelles de presque toutes les espèces.

Son corps est doux, son odeur agréable, bien que teintée par le sang et la peur. Mon pouls s'accélère inexplicablement.

D'un moment à l'autre, elle va comprendre à quel point je suis imposant et aveugle. Puis elle criera pour être libérée.

J'entends son souffle se couper. Je suis stupéfait et étonné quand elle lève le bras et caresse mes cornes.

Ah, *bordix* ! Je remue dans mon fauteuil quand mon sexe et mes cornes se raidissent en même temps. Si elle savait ce que cela fait à un mâle zandian, elle garderait ses doigts loin, très loin d'elles.

— Vous n'êtes pas un Mauk, dit-elle avec surprise.

Ah, Drayk et Zane sont sortis en tant que Mauks !

Je devrais la laisser partir. Nous ne sommes plus dans l'espace aérien de la planète et nous quittons complètement le territoire ocretian. Le vaisseau n'aura pas d'autre soubresaut.

Et pourtant, je l'enserre toujours.

— Nous sommes des Zandians.

Ma voix est plus profonde que d'habitude. Cette fois, elle semble reprendre ses esprits et me repousse pour se libérer. Je cède.

— Allez, venez, humaine ! ordonne le capitaine Drayk en attrapant le bras de la femelle.

Je grogne presque d'irritation devant la manière brutale dont il la tient. Mais il est le commandant et je sais qu'il ne leur fera pas de mal. Je secoue la tête pour me ressaisir.

Je trouve étrange d'être autant affecté par elle – une humaine entre toutes les espèces.

* * *

— Comment vont-elles ?

Tous mes sens sont en alerte pendant que je guide notre vaisseau à travers une nébuleuse étincelante pour nous diriger vers la maison, Zandia.

— Elles sont stables. L'espace aérien est-il sûr ?

— Oui. On a sauté en hyperespace dès qu'on est parvenus dans les couches supérieures de l'atmosphère. On n'est pas poursuivis.

Je contrôle les environs.

— Aucun bâtiment dans le voisinage, confirmé-je.

— Bien, répond Drayk avec soulagement. Appelle maître Seke. Je veux l'informer immédiatement.

— Oui, capitaine.

J'établis la communication.

— Vaisseau A4 avec un message urgent pour maître Seke.

— Qu'est-ce qu'il se passe ?

J'active la forme holographique pour que mes compagnons de bord puissent le voir.

— Nous avons la petite et elle semble indemne, explique rapidement Drayk pour dissiper toute inquiétude. Elle est... intacte.

Il déglutit.

— Elle est mentalement épuisée et souffre d'une anxiété extrême, mais... ça ira, ajoute-t-il.

— Excellentes nouvelles. Je vais en informer le docteur Daneth. Vous arrivez quand ?

La voix de maître Seke, habituellement réservé, montre des pointes joie.

— Dans une demi-rotation planétaire.

Nous coupons la communication et je repense à la mission. Nous avons été envoyés prendre des risques politiques et financiers considérables, sans que ce soit une affaire officielle pour Zandia. En fait, nous sommes partis pour une femelle. La compagne d'un des plus grands conseillers du roi. Les Zandians sont connus pour leur honneur et leur logique, mais les émotions des humains que nous avons acceptés parmi nous nous ont tous affectés. Même moi, je suis aussi satisfait après cette mission d'ordre personnel qu'après n'importe quelle bataille pour Zandia. Peut-être bien davantage.

J'imagine ce qu'il peut se passer sur notre planète en ce moment.

— Tu penses que le docteur Daneth va le dire à sa compagne, Bayla, tout de suite ? Ça fait combien de cycles solaires qu'elle n'a pas vu sa fille ?

Dans mon esprit, un champ d'astéroïdes apparaît et je rajuste notre trajectoire pour le traverser.

Drayk secoue la tête.

— Je crois qu'elle a été élevée comme reproductrice. Ses bébés lui ont été enlevés à la naissance. Elle ne les a jamais connus. Je pense qu'il va le lui apprendre maintenant, pour réduire son anxiété et la préparer.

J'utilise mes capteurs pour scanner les environs et localiser les deux humaines recroquevillées ensemble près de la capsule médicale.

— La femelle adulte est blessée ? J'ai senti son sang.

— Elle a une côte brisée et a reçu un coup au visage. Elles ont toutes les deux un pack de soin. La plus âgée souffre aussi d'une lésion à la jambe qui va demander une attention spéciale de la part du docteur Daneth, si on veut pouvoir la réparer, précise Drayk en riant. Je ne me moque pas de ses blessures. Mais ton sens de l'odorat s'améliore de jour en jour.

— Peut-être qu'au cours d'une rotation planétaire, je serai prêt pour le combat.

Ce ne sera jamais le cas. Maître Seke m'a dit plus d'une fois, sans aucun doute possible, que ma place ne serait jamais sur un champ de bataille. Mes talents sont inestimables ailleurs.

Drayk me touche l'épaule.

— On n'aurait pas pu effectuer cette mission sans toi à la barre.

Je sais qu'il le pense. Toutefois, je veux être à ses côtés, aller sur le terrain, combattre comme un guerrier et pas seulement être un navigateur avec des aptitudes spéciales. Je ne veux pas être toujours celui qui attend à bord.

— Pourquoi il y a deux humaines ?

Quelque chose m'intrigue chez l'adulte. L'effet de son odeur sur ma physiologie est franchement inhabituel. Je mets le vaisseau sur pilotage automatique pendant que l'on vogue dans des cieux dégagés avant de me lever.

— Elles étaient ensemble – la plus âgée protégeait l'enfant. La petite refusait de partir sans elle, alors on les a emmenées toutes les deux.

— Elle est contrariée.

Je me rapproche des humaines en fronçant les sourcils. Pourquoi je me sens si attiré par elle ? C'est un mystère.

— Plus que la jeune. Pourquoi ?

— Elles sont toutes les deux en état de choc, entre la vente aux enchères et le sauvetage. J'ignore vraiment comment les réconforter.

— Tu devrais avoir des notions puisque tu as une compagne, remarqué-je.

Son visage passe de 400 nm à 420 ; l'information parvient par longueur d'onde à mes capteurs. Je ricane parce que je ne peux pas le voir rougir, mais il est embarrassé.

— On pourrait dire que tu en sais un rayon sur leurs comportements, le taquiné-je.

Il grogne.

— J'en connais une... la mienne.

Il se racle la gorge.

— Mais tu as interagi avec beaucoup d'êtres de leur espèce. Tu saisis la façon dont ils utilisent l'humour et tu comprends nombre de leurs émotions.

— C'est vrai. Au cours de ma dernière opération, les techniciens m'ont gratifié du titre d'humain honoraire pour rire. J'ai passé tellement de temps dans l'aile médicale que parfois, j'avais l'impression de me transformer en l'un d'entre eux.

Drayk grimace, il plisse le nez. Selon mon scanner, je vois qu'il prend l'appellation comme une atteinte personnelle. Mais j'aime bien ce surnom. Les humains qui se sont occupés de moi me l'ont attribué comme un compliment, ils m'ont expliqué que c'était parce que j'étais devenu si résistant à force de toujours être un cobaye.

— Je souhaiterais leur parler.

Surtout à elle.

Je fais un pas de plus dans leur direction. Je sens le besoin d'aller réconforter l'adulte. De la serrer dans mes bras et de lui dire qu'elle est en sécurité.

— Pour les rassurer.

La plus importante des deux est la plus jeune parce qu'elle est la fille longtemps disparue de Bayla, la compagne de notre médecin. Nous la cherchons depuis plusieurs cycles solaires. Mais *bordix !* je ne cesse de ressentir cette étrange attirance envers sa gardienne.

— Vas-y, alors, acquiesce mon capitaine. Si quelqu'un peut aider, ça vaut le coup d'essayer.

Leur signature thermique est plus forte dans mon esprit quand je me rapproche. Je m'arrête à quelques pas et m'accroupis pour être plus à leur hauteur. Les Zandians sont plus grands que les humains et je le suis encore plus que la plupart d'entre eux. Plus musclé aussi, avec tout mon entraînement.

Elles sont ensemble sur le banc de l'infirmerie. Leur peau émet une odeur d'adrénaline et de peur.

— Vous êtes sur un vaisseau zandian qui se dirige vers Zandia. Vous êtes en sécurité, dis-je. Personne ne vous fera de mal, ici. Promis.

Aucune des deux ne parle, mais je sens la plus petite trembler encore plus fort.

Je recule d'un pas.

— Nous vous avons sauvées, ajouté-je.

Le silence. La jeune commence à pleurer.

— Les guerriers zandians qui vous ont amenées à bord étaient déguisés en Mauks, comme ils vous l'ont certainement expliqué.

Je m'éclaircis la gorge.

— Ils ne voulaient pas vous effrayer, mais le temps pressait, précisé-je.

La petite enfouit sa tête dans l'épaule de la plus âgée et sanglote de manière incontrôlable. L'adulte tressaille, mais ne bouge pas. Elle caresse les cheveux de l'enfant.

— Oui, on nous l'a expliqué, répond-elle d'une voix rauque et à vif.

Elle relève le menton.

— Je ne vous laisserai pas faire de mal à Enya, déclare-t-elle.

Malgré sa position de faiblesse et son manque d'arme à proprement parler, elle ne peut s'en empêcher. Mais *bordix*, j'admire son courage !

— Je dis la vérité.

Je tourne la tête dans sa direction et mes capteurs tintent en moi lorsque mes yeux se rivent sur ses pupilles. Je suis frustré de ne pas pouvoir la voir réellement, mais au moins, j'affiche un semblant de normalité en le faisant. Et j'ai également appris que mon interlocuteur est beaucoup plus à l'aise quand je le fais. Personne n'aime les regards vides.

— Elle est toujours terrifiée.

Elle parle à voix basse et lasse, mais quelque chose en elle me rappelle les chutes d'eau sur Zandia, celles près de la grotte du cristal.

— Et pour être honnête, moi aussi, avoue-t-elle.

Elle émet un son pouvant ressembler à une tentative de rire.

— Tu es Zina ? demandé-je. Et la petite, c'est Enya ?

Quand elle acquiesce, je lui dis :

— Moi, c'est Tarek. Je suis le navigateur de ce bâtiment.

— Tarek.

Elle prononce mon nom, et *bordix* ! mes cornes se raidissent. Rien n'a jamais été plus doux à mes oreilles. Pas même le vrombissement des nouveaux moteurs sur le plus récent destroyer Class-3

Par les étoiles ! Je fais un effort pour rester concentré.

Une démonstration apparente de mon attirance pour la petite femelle n'aiderait pas à la mettre à l'aise.

— Je nous ramène à l'abri sur Zandia, je vous le promets. Là-bas, beaucoup d'humains ont obtenu le droit d'asile.

Elle hoche la tête avec méfiance.

La jeune, Enya, n'a pas cessé de trembler.

Je recule immédiatement et fais un signe au technicien médical qui reste à quelques pas derrière elles avant de revenir.

— Vous êtes en sécurité, maintenant.

Mes paroles ne semblent avoir aucun effet, alors je me tais.

Zina murmure à l'oreille de la petite, et après un moment, Enya se calme, même si elle renifle toujours.

Sans réfléchir, je tends la main et touche le bras de l'adulte.

— Je te le promets, vous n'avez rien à craindre, lui dis-je.

Je sens comme une étincelle au bout de mes doigts. Sa peau est chaude et douce, elle palpite de vie. Elle est si fragile – ces humains sont tous si délicats en comparaison des Zandians ! Je combats l'envie de repousser la jeune pour bercer Zina contre moi, de la blottir contre mon torse.

Elle a un petit cri de surprise quand on se touche, et pendant une seconde, elle me tient la main.

— Merci de m'avoir aidée, dit-elle d'une voix fluette. Pardonne-nous si on ne parvient toujours pas à y croire. On n'a pas connu beaucoup de bonté.

Elle attire la fillette plus près d'elle avec le bras qui l'enserre déjà.

— Et on ignore ce qui nous attend, poursuit-elle.

Elle fixe son regard directement dans mes yeux –

aveugles. Une alerte de contact visuel s'allume à cent pour cent. Elle désire réellement que j'entende ce qu'elle me dit.

— Ce qui vous attend, c'est le droit d'asile. Pour vous deux.

Je lui serre les doigts. Puis je relâche sa main, même si je n'en ai pas envie, pour ne pas l'alarmer.

— Sais-tu que de nombreuses humaines vivent sur Zandia ? lui demandé-je.

On m'a ordonné de ne rien divulguer concernant Bayla ou sur la véritable raison derrière leur sauvetage. Ce n'est pas à moi de raconter cette histoire. Le docteur Daneth et le roi Zander superviseront les retrouvailles entre la petite et sa mère.

— Je l'ignorais, répond Zina en se léchant les lèvres. Je ne connais rien de ta planète. Il reste des fluides ?

— Bien sûr.

Je fais un signe de tête au technicien et lui demande : « Des fluides. » Il apporte un tube de jus frais.

— Vous avez besoin de vous sustenter ?

— Pas encore.

Elle aspire le liquide et quand j'entends la succion, mon esprit divague. Je sens ma peau s'assombrir, un peu comme celle de Drayk tout à l'heure, et une partie différente de mon anatomie se réveille.

— Tu as dit que... des humaines vivent sur ta planète... seulement des femelles ?

Son corps se tend. Elle a peur.

— Principalement, oui. En tant que génitrices. Enfin, pas toujours. Certaines non liées sont autorisées à rester et à travailler, si le roi leur accorde l'asile.

Cela ne semble pas la réconforter.

— Ce sont les femelles qui choisissent, lâché-je pour améliorer les choses. Elles décident avec quel mâle elles désirent se reproduire. Celui qu'elles souhaitent prendre pour compagnon.

— Oh ! s'exclame-t-elle d'une voix tendue. Je vois.

Ses peurs persistent.

— Pas Enya, m'empressé-je de la rassurer. On ne lie pas les jeunes. Mais quand elle aura l'âge, elle sélectionnera celui qu'elle veut. Elle aura le contrôle.

Elle plisse les yeux.

— Super !

Elle marque une pause.

— Je suppose que ça importe peu si tu mens, finit-elle par ajouter. Nous sommes ici, de toute façon. On va là où vous nous emmenez.

Pour la première fois, ses épaules s'affaissent.

— Détrompe-toi, c'est important.

Ma voix est ferme et presque en colère, mais pas contre elle. Je suis furieux contre la vie, qui l'a mise dans une situation où elle doit faire ce genre de déclarations.

— Pour moi et notre honneur. Les Zandians ne mentent pas.

Je lui touche le bras et mes cornes s'épaississent sous les sensations que cela provoque. Il n'y a pas d'erreur possible – je désire cette femelle. Franchement.

Je m'efforce de rester concentré. Je dois dire quelque chose pour la rassurer.

— Vous avez dû traverser beaucoup d'épreuves.

C'était la chose à dire.

— En effet.

Son odeur, malgré la sueur et la terre, m'ensorcelle. Je perçois quelque chose d'essentiellement féminin en dessous, un parfum que je veux respirer sans relâche pour découvrir...

Je déglutis.

— Enfin, vous n'êtes plus entre les mains des Ocretians, maintenant. Et les Zandians n'ont pas d'esclaves.

Je cligne des yeux. Je me demande ce qu'elle pense de moi. À quoi je ressemble pour elle. Je sais que je suis imposant, plus musclé même que la plupart des Zandians. Elle s'imagine certainement que je suis une sorte de monstre.

Elle tousse à nouveau.

— Tu vas bien ?

Je me penche en avant, avec l'intention de passer les doigts sur son dispositif médical pour lier mes capteurs sensoriels aux ports de données pour lire ses constantes.

Elle bouge, peut-être par effarement ou inquiétude, et au lieu d'atteindre son pack, ma paume atterrit franchement sur sa poitrine. Ses seins. Des seins fermes et parfaits.

Elle pousse un cri.

Mon sexe durcit instantanément, mes cornes s'inclinent dans sa direction. Je devrais enlever ma main. M'excuser. Mais je me surprends à caresser légèrement son mamelon du pouce, je gronde quand il se dresse à mon contact.

Elle prend une brève inspiration et je recule d'un coup.

— Je suis désolé, je n'avais pas l'intention...

J'essaie de donner un sens aux pensées déchaînées fusant dans ma tête.

— Je cherchais à toucher ton pack. Le médical, précisé-je. Sur ton épaule.

— Oui, je sais qu'il est là. Ah, oui !

Sa voix est tendue et monte dans les aigus. Je ne crois pas déceler de colère.

— Tout va bien. Ça ne me dérange pas. Enfin, je ne... ah ! commence-t-elle en prenant une inspiration. Je vais bien. Merci. Bien. Oui.

— D'accord. Bien.

Je me retrouve à lui tenir à nouveau la main. Comment ça a pu se produire, par les étoiles ?

— Je voulais seulement m'assurer que tu ne souffrais... pas. Qu'il n'y a pas de problème. Hum !

— J'ai beaucoup de problèmes.

À ma grande surprise, je pense détecter la sécheresse de l'humour humain.

— Mais pour le moment, tu n'en fais pas partie, précise-t-elle.

— Ces problèmes nécessitent une médication ? lui demandé-je en lui serrant les doigts. Je peux t'aider ?

Je suis sur le point d'appeler l'infirmier quand elle parle.

— Seulement s'il existe un remède pour effacer les vingt-cinq derniers cycles solaires de ma vie, régénérer ma jambe ou réparer les trous béants de mon esprit. Ou encore pour libérer tous les humains de l'esclavage.

Je n'ai pas de réponse à ça. Je bats des paupières à quelques reprises.

— Tes yeux sont très intéressants.

Je tressaille.

— Qu'est-ce que tu veux dire ?

— La couleur. J'aime bien.

Je les déteste. Je hais mon incapacité à voir comme tout le monde.

— Je suis aveugle.

Je garde un ton égal. Je me lève et montre l'implant inséré dans ma tempe.

— Je ne peux pas te regarder comme tous les autres, expliqué-je.

À quoi je pensais en m'accroupissant près d'elle, en la touchant et en sentant son corps ? Blessée à la jambe ou pas, cette humaine est de toute évidence forte et intelligente et elle sera une bonne compagne pour un Zandian. Un

Zandian qui a l'approbation pour se lier. Ce que je n'ai pas. Je ne l'aurai jamais.

— Aveugle ?

Sa surprise me tracasse. Je ressens l'agitation de l'air quand elle remue la main.

— Mais tu... fais des choses. Beaucoup de choses. Comment...

— J'ai de la technologie. Et je me suis entraîné.

— Je n'aurais vraiment pas cru. Waouh !

Je présume qu'elle me regarde, parce que sa posture n'a pas changé et sa tête est dirigée vers mon visage.

— Je te jure, tu ne sembles pas aveugle quand tu te déplaces. Et parfois, c'est comme si tu voyais directement dans mon âme.

Elle s'éclaircit la gorge.

— Euh... oublie la dernière partie.

J'ai déjà entendu ça, du moins la première moitié, habituellement avec une pointe de compassion, ce qui me met hors de moi. Mais cette humaine suscite uniquement de l'intérêt.

— Peut-être que plus tard, je voudrai te poser des questions à ce sujet, dit-elle.

Puis elle bâille et tout son être s'affaisse.

Notre technicien médical, Jass, vient me voir.

— J'ai ajouté un sédatif dans leur pack, me murmure-t-il en zandian. Seulement pour les aider à se reposer. Elles sont toutes les deux tellement anxieuses qu'elles n'arrivent pas à se détendre et leurs corps ont besoin de temps pour se régénérer. Les humains guérissent beaucoup moins vite que nous.

— Compris.

Je me lève et attends que leurs souffles deviennent réguliers. Je sais désormais qu'elles sont toutes les deux endormies.

J'ai envie de toucher à nouveau Zina, mais je ne peux avec Jass ici. Ce ne serait pas approprié. Et ce serait imprudent, étant donné qu'elle ne pourra jamais être mienne de toute façon.

Mais avant de retourner à mon poste de navigateur sur le pont, je reste là un long moment à écouter sa respiration. Je la connais à peine et je ferais presque n'importe quoi pour la protéger et la rendre heureuse.

Mais c'est idiot. Un guerrier aveugle serait inutile pour une femelle, même avec les implants technologiques.

Chapitre Quatre

Z^{*ina*}

Je me réveille encore une fois sous les cris d'Enya. Mon corps se tend. Pendant un instant, je crois être de retour sur Ocretia. Je me lève d'un bond, seulement pour me rasseoir, un peu étourdie et la bouche pâteuse.

La dernière rotation planétaire me revient d'un coup et je me souviens de l'endroit où je me trouve. Sur un vaisseau zandian. Capturée pour la reproduction. Avec un droit au consentement, si j'ai bien compris les explications de Tarek.

Bien que cela n'ait aucun sens.

— Grrr ! Tout va bien.

Je récupère Enya, elle tremble si fort que ses dents claquent. Par la Terre, j'espère qu'elle ne les cassera pas sous le coup de la peur !

— Enya, on est en sécurité.

Je prononce ces paroles sans réfléchir, mais quand je

cligne des yeux, je réalise que ce pourrait être vrai. Nous sommes sur un vaisseau zandian. Sans être attachées. Avec des êtres qui, pour l'instant, ne nous ont pas fait de mal et n'ont pas menacé de nous en faire.

Elle a les yeux écarquillés. Je sais qu'elle ne me voit pas, alors je l'attire près de moi et fredonne l'air que je lui ai chanté en la berçant pendant de nombreux cycles solaires. Comme d'habitude, la musique la calme, et au bout d'une minute, elle se détend dans mes bras et tousse. Ses yeux sont remplis de larmes.

— Je suis désolée. Je suis désolée.

Je lui essuie la joue.

— Tu n'as pas à l'être. Tout va bien se passer. On s'est échappées de la vente aux enchères d'esclaves. Je n'en reviens toujours pas.

Je secoue la tête, émerveillée. Elle me prend la main.

— Mais tu m'as sauvée en premier. Avant qu'ils arrivent. Tu as coupé mes liens et m'as volée. Tu as tué ce garde.

— Je l'ai tué ?

Je recule. Je ne sais pas si c'est vrai ou pas. Ça ne me dérangerait pas qu'il soit mort – c'est seulement que dans la mêlée, je ne pensais qu'à une solution pour nous échapper.

— Alors, j'espère que c'est le cas.

Elle me fait un pâle sourire et prend une expression comme si c'était l'évidence même. Nous éclatons ensuite toutes les deux de rire, si fort que j'en ai le tournis et m'effondre sur la table en suspension.

Notre hilarité est assez grande pour inquiéter nos hôtes. L'infirmier se précipite, les sourcils froncés.

— Vous allez bien ?

Il se penche pour vérifier nos packs, ses doigts agiles appuient sur les boutons et il contrôle les écrans.

— Je vais vous aider.

Il parle aussi dans son communicateur, et dans la seconde, le guerrier aveugle surgit.

Mon pouls s'accélère en le voyant. Tarek semble inquiet.

— Zina. Enya. Qu'est-ce qu'il se passe ?

Il se tourne vers l'infirmier.

— Elles ne vont pas bien ? lui demande-t-il.

Je parviens à lui répondre.

— Si. C'est seulement... une blague.

— Une blague ?

Tarek lève les sourcils sur son front sans rides.

— Les Zandians savent ce qu'est une blague ?

Je m'arrête de rire, confrontée à tout ce qui nous attend : nous adapter à une culture différente. À une nouvelle espèce de créatures. Avec qui nous serons encore une fois les plus impuissantes. Les étrangères.

— Bien sûr, répond-il d'un ton presque guindé. Mais on réserve les rigolades à des choses très graves.

Je crois qu'il ne me comprend pas du tout jusqu'à ce que j'aperçoive ses lèvres qui tressaillent. Une blague.

J'éclate de rire bêtement. Oh, par la Terre, je n'arrive pas à le contrôler ! Des larmes coulent sur mes joues.

Je parviens enfin à me ressaisir.

— Nous sommes dans une situation sérieuse.

— De toute évidence.

Sa bouche se contracte comme s'il voulait sourire, sans être sûr que ce soit approprié.

— S'il te plaît, dis-moi si tu ressens de l'inconfort.

— Mes côtes...

Je commence ma phrase avant de me retourner. Elles ne me font plus mal. Du tout. Je me tourne à nouveau pour repousser gentiment Enya afin de pouvoir me relever.

— Vous m'avez fait quoi ? demandé-je.

Je me palpe, puis j'appuie plus fort.

— Elle est réparée, ajouté-je.

Le technicien me fait un véritable sourire.

— Nous avons une technologie médicale avancée.

Son sourire s'efface quand il parcourt ma jambe. Mon pantalon a été déchiré dans ma fuite et ma vieille blessure est bien visible.

— Mais elle... a des limites, précise-t-il.

Il lance un regard à Tarek. Ce dernier reste silencieux un moment.

— Sur la planète, on a un médecin qui pourra effectuer des recherches.

Mais son ton indique qu'il ne pense pas qu'on puisse y faire grand-chose.

Je suis habituée à ma jambe, maintenant, et jamais je ne me suis attendue à retrouver mon intégrité.

— Je comprends. Je suis reconnaissante, affirmé-je en montrant ma cage thoracique. Et mon visage, il va mieux aussi. C'est tellement rapide !

Je touche ma lèvre, mon œil.

Je me tourne vers Enya.

— Elle a besoin de manger.

J'aime cette fillette plus que ma vie. Elle est réellement mon enfant dans mon cœur. Je dois m'assurer qu'on s'occupe d'elle.

Le technicien lui donne quelques paquets en aluminium. Elle les déchire et dévore leur contenu comme un animal affamé.

L'infirmier recule de quelques pas et me fait signe. Je remarque que Tarek semble suivre le mouvement, parce qu'il se joint à nous.

— J'ai entendu la petite crier, indique Jass. A-t-elle besoin de plus de calmants ?

— Non !

J'ai répondu immédiatement sans même considérer sa proposition. Même si je me sens bien mieux au cours de cette rotation planétaire, je suis toujours inquiète quant aux drogues qu'ils souhaitent nous donner.

— Si je lui en administre d'autres, je pourrais y ajouter des anxiolytiques. Le mélange des deux et un supplément de sommeil pourraient la calmer.

Je plisse le nez.

— Rien de tout ça ne l'aidera. À moins que vous ayez une solution pour supprimer les souvenirs qui la font crier.

Je devrais m'adresser à l'infirmier, mais c'est Tarek que je fixe en parlant. Ses yeux sont rivés sur moi et je pourrais jurer qu'il me voit. Comment peut-il être aveugle ?

Son handicap éveille peut-être seulement ma curiosité. Mon regard survole son pantalon serré et la bosse à la jonction de ses cuisses. Je sens le rouge me monter aux joues. Je m'éclaircis la gorge. Peut-il savoir ce que je contemple ? Par la Terre, mais à quoi je pense ? Je n'ai jamais été intéressée par un mâle auparavant.

— Non, mentionne Tarek avec regret. Nous n'avons aucun moyen de retirer les mauvais souvenirs, malheureusement.

Je considère un instant les êtres devant moi. Est-ce que je leur fais confiance pour soigner Enya ? Je me sens bien mieux après les traitements qu'ils m'ont octroyés.

— Très bien, d'accord. Vous pouvez lui administrer quelque chose.

— Tu veux aussi un calmant ?

Le technicien lève un sourcil dans ma direction et je recommence à rire bêtement.

— Par notre bonne Terre, quel genre d'attention et de service j'ai ? Je peux avoir une cape de votre plus douce soie

47

d'araignée et des bottes en cuir, puisque vous le demandez ?
Vous êtes comme un assistant personnel.

Je connais ce genre de choses parce que le maître disposait d'un être chargé de lui obtenir tout ce qu'il voulait.

L'infirmier semble confus. Mais Tarek explose de rire et ça me réchauffe le cœur.

— *Bordix*, tu es fougueuse !

Il se tourne.

— Le mieux que l'on puisse te fournir est un tube de lavage et un ensemble de vol de camouflage, ajoute-t-il.

Il revient vers moi et ses yeux se posent sur ma silhouette comme s'il m'évaluait.

— Mirelle fait environ ta taille et nous en avons fait pour les humains.

— Comment peux-tu...

Je commence. Je pourrais jurer qu'il regarde mes seins. Par les étoiles, mes mamelons viennent-ils de durcir ?

Il se détourne, sa voix devient plus froide.

— J'ai des capteurs dans le cerveau qui interprètent la chaleur et les informations audio et ils construisent des formes dans mon esprit. On m'a dit que ça ressemble beaucoup à la vision.

Son comportement est complètement différent, maintenant, comme s'il était un inconnu. Zut ! Je suppose que je ne devrais pas poser trop de questions sur son handicap. Ses aptitudes. Les deux.

— Je suis désolée.

Je recule d'un pas.

— Ne le sois pas. On m'attend sur le pont.

Il s'éloigne, me laissant là, cherchant à atténuer l'offense envers mon nouveau... ravisseur. Maître ? Représentant légal ? Je ne sais toujours pas dans quel genre de situation nous sommes.

Un petit bruit derrière moi m'incite à me retourner, mais ce n'est qu'Enya qui cherche une position confortable enroulée dans une douce couverture violette.

— Je vais me reposer, maintenant, Zina, marmonne-t-elle. Tu t'assois avec moi ?

Je retourne rapidement vers elle et caresse ses cheveux en marmonnant des choses apaisantes. Elle me sourit, puis ses superbes yeux verts se ferment et sa respiration devient régulière. Elle semble réellement détendue.

Le technicien médical fait un signe de tête vers elle.

— Elle va dormir au moins pendant une demi-rotation planétaire, et nous lui administrerons des fluides pour qu'elle reste hydratée. Voici les items que Tarek a mentionnés.

Il désigne une pile d'équipement.

— Le tube pour se laver est là, alors si tu te sens capable d'y aller sans assistance…

J'hésite.

— Elle ne craint rien ici ?

Je regarde Enya.

— Non.

— C'est seulement…

Je me mords la lèvre en évaluant la situation.

— Sur mon honneur. Mon honneur de Zandian. Elle est en sécurité avec nous.

Il rive ses yeux dans les miens.

— D'accord. Merci.

Je ne veux pas être dupe. Ni naïve. Mais d'une certaine façon, je crois pouvoir faire confiance aux Zandians. S'ils désiraient nous maltraiter d'une façon ou d'une autre, ils l'auraient déjà fait. De plus, je ne peux rien faire pour Enya pendant qu'elle se repose.

Je prends les affaires et me dirige dans le cagibi.

— Merci.

Quelques minutes plus tard, rafraîchie et habillée avec le pantalon de camouflage et la veste – un peu serrée en fait, elle est tendue sur ma poitrine généreuse – je me sens mieux. Je me sens revivre. Même la douleur habituelle de ma jambe me semble plus légère. Le vêtement cache les affreuses cicatrices et la petite torsion de l'os, le déplacement de la rotule et la chair brûlée de mon mollet. Seul mon boitillement trahit mon passé.

* * *

Tarek

— Mise à jour sur la distance à parcourir ?

Drayk est debout à côté de moi, regardant les écrans.

— Nous arriverons dans l'espace aérien de Zandia dans une rotation planétaire à la vitesse de la lumière. Je n'avais pas anticipé ces problèmes. L'amas d'astéroïdes Crellix est dans sa phase décroissante et je peux le traverser sans souci.

Je pointe la ceinture sur mon moniteur holographique, mon cerveau connecté m'indique où taper pour qu'il puisse le voir.

— On va rester en pilotage automatique au cours des prochaines heures et je devrai prendre les commandes si on rencontre un imprévu.

— Bien.

Il s'assoit dans son fauteuil rembourré de navigateur et pivote pour me faire face.

— Comment vont les humaines ?

— Jass a mis la plus jeune sous calmant pour l'aider à

guérir, comme l'a suggéré le docteur Daneth par hologramme. Heureusement, sa nourrice, Zina, a accepté.

Il acquiesce.

— C'est plus facile comme ça. Mais Zina n'a pas voulu
se reposer ?

J'aime la manière dont son nom roule sur ma langue.
Zina.

— Apparemment pas.

Je résiste à l'envie de tourner la tête vers le couloir qui
mène à l'aile médicale.

— On pourrait peut-être l'interroger et en apprendre
plus sur l'histoire d'Enya, proposé-je. Ça pourrait être utile
au docteur Daneth à son arrivée, et bien sûr à sa mère.

Je retiens mon souffle. Pour être franc, même si je crois
ce que je viens de dire, je souhaite simplement passer du
temps en présence de l'humaine. La sentir. Humer son
parfum. La toucher.

— On pourrait programmer une conférence avec le
docteur Daneth.

— Organise-la.

Je fais signe à un membre de l'équipage de nous l'amener. À son approche, tout mon corps crépite.

— Bonjour.

Je lève la main, mais je m'arrête avant d'entrer en
contact avec elle. Je lui indique le siège à côté du capitaine
et de moi.

— Zina, on aimerait te poser quelques questions.

Drayk parle fort, et je sens l'humaine se recroqueviller
dans son fauteuil, comme si elle avait peur.

— Je ne cache rien..., commence-t-elle d'une voix haut
perchée et pincée.

Je hume sa sueur. J'interviens en plaçant mon corps
entre Drayk et elle.

— Tu l'effraies.

J'ignore pourquoi, mais je me suis relevé avant de m'en rendre compte.

— Garde un ton neutre.

Je le vois croiser les bras. Sur ce vaisseau, il est mon supérieur.

— ... capitaine, ajouté-je en baissant la tête. C'est une suggestion pour mettre notre humaine à l'aise.

Je lève les mains. Je n'ai aucune idée de la raison pour laquelle je ressens le besoin de la protéger.

— Comme on le sait, ils préfèrent des voix basses et douces quand on leur pose des questions.

Il penche la tête, même si je suis conscient que cette conversation n'est pas terminée.

— Bien. Zina, on ne vous fera pas de mal. On doit en apprendre plus sur Enya et toi. Là, c'est l'un des Zandians les plus respectés sur notre planète, ajoute-t-il en pointant l'hologramme. Il va t'écouter et te poser aussi des questions.

Elle expire.

— D'accord. Que voulez-vous savoir ?

Sa voix est toujours tremblante, mais la terreur est partie.

— Combien de cycles solaires a la petite humaine sous ta garde ?

— Neuf.

— Où vivait-elle ? À quoi ressemblaient ses journées ?

Elle se tend.

— Pourquoi ces questions sur Enya ?

— On s'intéresse à vous deux, dit calmement le capitaine. Mais les jeunes sont plus difficiles à gérer. On veut savoir ce dont elle a besoin.

Zina semble toujours inquiète.

— L'enfant a été agressée d'une quelconque manière ? Blessée ?

— Nous l'avons toutes été, rétorque-t-elle avec sécheresse. Elle n'a pas de blessure permanente.

Je sens sa tension monter. Elle dirige son attention vers le docteur Daneth.

— La question concerne sa virginité ?

— Elle l'est ? s'informe-t-il.

Elle ne répond pas. Je m'enquiers gentiment :

— Nous ne faisons pas d'enchères ni ne vendons les vierges sur Zandia. C'est ce que tu crains ?

Elle tourne la tête vers moi.

— Pourquoi aborder le sujet, alors ?

— Elle sait quoi de ses origines – de sa mère ? demande docteur Daneth.

Zina semble surprise par la direction de la conversation.

— Rien. Comment elle le pourrait ? Elle est née dans un centre de reproduction. Aucun d'entre nous ne connaît sa mère.

Le docteur Daneth opine du chef comme s'il s'attendait à cette réponse.

— Je suis sa famille, maintenant. Et vous posez beaucoup de questions.

Ses soupçons semblent grandir. Comme si elle essayait de découvrir quelque chose.

— On vous emmène sur notre planète, et il nous incombe de comprendre votre historique médical et votre passé, intervient Drayk d'une voix douce.

— Ouuiii...

Mon capteur m'indique qu'elle se mord la lèvre.

— Mais vous ne m'interrogez pas vraiment sur moi. Et beaucoup sur Enya.

Elle regarde le capitaine, puis moi.

— Et quand vous étiez aux enchères, vous ne cherchiez pas une humaine au hasard, mentionne-t-elle en prenant de l'assurance. Vous avez vérifié son code.

Sa voix est maintenant forte. Pleine d'énergie.

— Vous la vouliez elle en particulier. Pourquoi ?

Sa respiration est rapide. Elle se lève et serre les poings.

— Dites-le-moi tout de suite ! Vous attendez quoi d'elle ? Vous avez prévu de la vendre ? De lui faire du mal ? De l'utiliser pour... quelque chose ? Des expériences ? Des échanges ?

— Assieds-toi ! lance le capitaine au moment où je réponds « Rien de tout ça ».

Zina se jette sur moi, peut-être parce que je suis le plus près d'elle, et me frappe de ses poings. Elle me donne des coups de pied avec sa bonne jambe, puis elle crie sous la douleur avant de s'effondrer. Je l'enveloppe de mes bras et la serre fort, sans réfléchir.

— Arrête, Zina, lui ordonné-je. Personne ne vous causera de tort à Enya ni à toi, alors, ne m'oblige pas à t'attacher.

Nous. Je voulais dire *ne nous oblige pas à t'attacher*. Sauf que je sais que ce sera moi. Je ne laisserai personne la toucher. Pas quand elle est comme ça.

— Il vous faudra me tuer avant de faire quoi que ce soit à cette enfant, siffle-t-elle.

Elle s'agite contre moi comme une anguille électrique.

Je rugis quand elle me mord le bras avec force.

— *Bordix*, arrête !

Elle m'échappe presque.

— Lâche-moi !

Elle recommence.

— Arrête tout de suite !

Bien que je ne voie pas, c'est facile de plaquer ses bras

contre sa taille. Elle est si petite et fragile, comme toutes les femelles humaines ! Elle ne peut rivaliser avec un guerrier zandian. Même aveugle.

Je lui parle à l'oreille.

— On. Ne. La. Vendra. Pas. On. Ne. Lui. Fera. Pas. De. Mal. Non. Plus.

Elle continue de se débattre, alors j'ajoute :

— Et à toi non plus.

Elle me donne un coup sur le tibia. Ce n'est pas douloureux, même si elle porte des bottes dures. J'imagine difficilement une petite humaine blesser un puissant Zandian. Mais elle a beaucoup d'énergie, je lui accorde ça.

— Heureusement qu'elle n'a pas la formation de Mirelle, remarque le capitaine Drayk.

— Elle n'est pas de tout repos, en tout cas.

Je rajuste ma prise sur elle, content qu'il ait raison. Certains Terriens bien entraînés comme Mirelle peuvent mettre à terre des guerriers chevronnés. Celle-ci fait un peu plus que de raidir mes cornes et mon sexe.

Son corps est chaud et doux, tout en étant ferme aux bons endroits. Je me retiens de lui mordre le cou et d'enfouir mes lèvres dans ses cheveux soyeux. Je dois l'admettre, j'aime bien la garder prisonnière contre moi. Je m'éclaircis la gorge.

— Comme tu peux le voir.

Le capitaine a une drôle d'expression sur le visage. Peut-être que mes capteurs n'enregistrent pas correctement – on dirait qu'il est sur le point de rire. Mais il se lève et hoche la tête.

— Tarek, maîtrise la femelle, m'ordonne-t-il. Ramène-la dans l'aire médicale et punis-la. Dangereuse ou pas, elle a besoin d'apprendre le respect et la retenue.

— Oui, capitaine.

Avec joie. Mes cornes se raidissent et s'épaississent sur mon crâne, montrant à tout le monde combien cette idée me plaît.

Je sais comment les humaines sont sanctionnées sur Zandia. Les recherches du docteur Daneth et la pratique ont prouvé à maintes reprises que le châtiment de nature sexuelle – sur leurs fesses nues, leurs seins ou leur entre-jambe – donne les résultats les plus positifs. La femelle se lie à son mâle à travers une combinaison d'humilité, de douleur et de plaisir et son comportement se modifie facile-ment quand on gagne leur affection.

Je ne me serais jamais attendu à être un maître ou un compagnon pour une humaine. Je n'aurais jamais cru en punir une moi-même, mais si le capitaine Drayk avait ordonné à un autre être de le faire, je serais devenu fou. Peut-être qu'il a observé mon attachement pour cette humaine et m'a accordé ça.

Je la jette sur mon épaule et lui calque les fesses d'une main, juste assez fort pour lui arracher un cri de surprise. Je la porte, pendant qu'elle se débat toujours, le long du couloir. Je remarque qu'elle est propre, maintenant, et elle sent un mélange du savon légèrement citronné et de son odeur corporelle, délicieuse. Avec toutes ses contorsions, des cheveux à elle envahissent ma bouche et je les recrache.

— Arrête, lui murmuré-je à l'oreille une fois que nous sommes arrivés dans la salle médicale 2.

Le technicien vient vérifier et je lui fais un signe de tête.

— Tout va bien. Reste avec Enya dans la une, lui demandé-je.

Je m'assois sur le banc en suspension et la descends sur mes genoux.

— Écoute, petite humaine. On ne va pas vous vendre ni vous échanger, Enya et toi. Je ne peux pas te dire pourquoi on devait récupérer la fillette, mais tu le sauras bien assez tôt. Zandia est un endroit sûr pour vous deux.

Je hais cette situation. J'aurais voulu lui dire que la véritable mère d'Enya l'attend sur la planète, avec la peur au ventre, mourant d'anxiété et d'envie de la revoir. Mais c'est impossible. Ce n'est pas à moi de le faire et mon honneur m'empêche de rompre ma promesse.

— Tu es en sécurité, mais tu dois nous respecter. Et suivre nos règles. Si tu souhaites avoir l'asile sur Zandia, tu dois bien te comporter. Sur un vaisseau, on n'agresse pas un officier. Ça conduit à l'emprisonnement. Et certainement à la punition.

— Mais bien sûr !

Elle se renfrogne en tournant le menton dans ma direction.

— Et après, tu vas m'éjecter dans l'espace et me regarder exploser ? ajoute-t-elle.

— En fait, tu vas t'aplatir, pas exploser, la corrigé-je sans réfléchir. Puisque tes poumons vont se compresser. En environ quarante-cinq secondes. Ce que je vais faire, c'est ça.

En un clin d'œil, j'attache des menottes magnétiques autour de ses fins poignets et je les lie devant elle.

— Tu vois ? C'est simple. Je te les mets seulement pour éviter que tu détruises quelque chose de critique, par exemple pendant que tu piques une crise devant l'un des meilleurs capitaines zandians dans cette galaxie.

— Détache-moi !

Elle lutte vaillamment, mais elle ne peut défaire les bracelets.

— Non.

Je garde mon ton égal.

— Tu es sous ma garde, maintenant, petite humaine. Je

te relâcherai quand je te jugerai sans danger pour les Zandians à bord.

Elle se débat quelques instants de plus, puis elle s'effondre contre moi, haletante et tremblante. Beaucoup d'énergie pour une créature aussi menue et fragile. Je l'admire.

Je lui caresse les cheveux. Elle tourne son visage vers moi, m'examinant les yeux écarquillés, d'après mes capteurs. Son pouls reste rapide, et pourtant, ses muscles sont détendus et elle s'appuie contre moi au lieu de s'éloigner. Intéressant.

J'aime l'avoir attachée sur mes genoux. Vraiment. Et peut-être que je me trompe, mais je pense qu'elle commence aussi à apprécier la situation. Elle est étonnamment décontractée pour un être qui a été malmené et menotté sur un bâtiment inconnu.

— Bien, parce qu'il y a de fortes chances que je te frappe avec ma tête dure pour t'assommer. Ensuite, je crochèterai la serrure avec une pince en métal que je trouverai sur le sol et je prendrai possession du vaisseau pour voler vers un endroit sûr.

Au début, je suis confus – puis je me rends compte qu'il s'agit d'un étrange moyen de communication terrien – le sarcasme. Elle plaisante avec moi ! Ce doit être bon signe. J'ai appris que les humaines font cela seulement avec des êtres qui leur procurent un certain degré de réconfort. Elles ne le feraient pas avec quelqu'un qu'elles détestent ou en qui elles n'ont pas confiance. Mais ça ne lui donnera pas carte blanche pour obtenir ce qu'elle veut.

Le temps que j'ai passé dans l'aile médicale de Zandia m'a apporté une sorte d'expertise dans l'art de plaisanter avec son espèce, si je peux dire.

J'y réfléchis.

58

— Ma tête est plus dure que la tienne et les menottes ne peuvent pas être ouvertes avec n'importe quoi. De plus, ton précédent commentaire sur l'explosion dans l'espace me porte à croire que tu n'as pas les connaissances basiques de l'exploration stellaire et du pilotage de vaisseau, alors... non. Impossible.

Elle grogne de surprise. Elle ne s'attendait pas à ce que j'enchaîne comme ça. Elle me sourit, mais le masque immédiatement. Elle plisse les yeux.

— C'est juste méchant. Tu pourrais au moins me faire miroiter l'espoir d'avoir une chance. Ce seraient les manières d'un gentleman, le plus honorable.

— Je ne suis peut-être pas un gentleman.

Ma réponse surgit toute seule. C'est vrai – ma verge est dure sous ses fesses agréablement douces. Je me laisse le petit plaisir de lui caresser la cuisse. *Bordix*, cette humaine est sexy ! C'est complètement inapproprié, mais j'ai envie de la déshabiller et d'explorer ses courbes avec ma langue.

— Tu ne l'es peut-être pas.

Elle expire et lève la tête. Ses mamelons se sont redressés et forment des pics sous sa tunique.

— Je dois te corriger pour ton comportement.

Ma voix est basse et rauque. Je ne veux pas la terrifier ou lui donner le sentiment que nous sommes comme les Ocretians, mais je dois établir ma domination sur elle. C'est pour son bien. Sinon, elle aura plus de difficultés à s'intégrer sur Zandia et le roi Zander pourrait ne pas lui accorder l'asile.

— Me corriger ?

Elle ne semble pas effrayée, mais plutôt... intéressée.

— C'est exact, petite humaine.

Mon sexe est dur comme un roc.

— Tu dois apprendre une leçon importante, ajouté-je.

Un peu de douleur mélangée à du plaisir. Pour t'aider à comprendre où est ta place ici.

— Hmm.

Elle gémit doucement.

Son odeur change – de l'excitation ? Comme on me l'avait dit. Ces femelles aiment être punies, tant qu'elles font confiance au maître qui leur donne la correction et que les centres du plaisir sont aussi activés. J'agis sans réfléchir – je lui saisis l'arrière de la tête d'une poigne puissante et je l'attire vers moi. Je prends possession de sa bouche.

Elle soupire, un petit son agréable, puis elle m'embrasse en retour. Passionnée. Elle remue sur mes cuisses, se repositionne de façon que mon sexe durcisse encore plus. Plus que je le croyais possible. Elle m'empoigne de ses mains menottées, tirant sur ma combinaison de vol sur la poitrine, comme si elle cherchait à la retirer.

J'ignore quoi toucher en premier – ses seins ou le point entre ses jambes. Alors, je commence avec un bras autour de sa taille, puis je remonte lentement mes doigts.

— Tarek, murmure-t-elle. C'est... agréable. C'est ça, la punition ?

— Je te prépare pour la recevoir.

C'est peut-être vrai – je ne sais pas. J'ai compris que les châtiments corporels de femelles humaines sont liés au plaisir sexuel. Habituellement, ce dernier vient après la correction comme une récompense pour leur soumission, mais pourquoi pas ne pas inverser les choses ?

Elle a fermé les yeux, selon mes capteurs, et elle est détendue dans mes bras.

— Tu me retires les menottes ?

— Non. Elles restent.

Je la replace sur mes genoux et je me penche en avant pour lui mordre le cou.

Je pince l'un de ses tétons à travers l'épais tissu de sa veste de camouflage. Elle gémit un peu et prend une brève inspiration. Je recommence, plus fort.

— Et j'aime bien que tu les portes, parce qu'avec tes mains hors du chemin, je peux faire... ça.

Je glisse mes doigts le long de sa jambe, sur sa cuisse.

Elle les écarte et relève les hanches, alors je continue.

— Tu vois ?

J'appuie ma paume contre son clitoris, à travers son pantalon. Elle pousse plus fort contre moi.

— Une facilité d'accès, Zina. C'est appréciable.

Je lui lèche le cou et le mords fort. Elle émet des sons inintelligibles avant de jeter la tête en arrière contre mon épaule.

— S'il te plaît, murmure-t-elle.

— S'il te plaît, quoi ?

Je la caresse entre les jambes, sans relâche, sachant que la pression est suffisante pour la tenter, mais pas assez pour lui procurer une quelconque jouissance satisfaisante.

— Hmm ! gémit-elle.

J'agite mon doigt avec force contre son clitoris à travers le tissu. Si elle était nue, ça lui ferait mal, mais avec les couches de protection, je me dis que ce doit être parfait.

— Tu aimes ? murmuré-je.

— Oui.

Elle se trémousse et ouvre davantage les cuisses, glissant celle qui est blessée le long d'une des miennes.

— Pas toi ?

— Oh, *bordix*, j'adore ! Demande-moi de retirer tes vêtements si tu en veux plus.

— Retire mes vêtements, chuchote-t-elle en tirant sur ma combinaison.

Je la retourne et lui assène une claque sur le derrière, bien fort.

— Fais-le poliment.

— Aïe ! crie-t-elle, mais plus de surprise que de douleur.

— Oh, j'ai peut-être oublié de mentionner quelque chose, petite humaine !

Je lui dispense une autre fessée, tout aussi forte.

— Nous, les Zandians, on aime donner à nos femelles la bonne motivation pour obéir.

Je lui administre quelques tapes sur le haut des cuisses.

— Comme ça.

— Aïe, arrête !

Elle se retourne et mon capteur de reconnaissance faciale m'indique qu'elle me fusille du regard. Mais je sens son excitation grandir chaque seconde. Son rythme cardiaque est aussi plus fort. Cette humaine apprécie ce que je lui fais. Elle n'est seulement pas prête à se soumettre.

— Je cesserai quand tu feras ce que je te demande, lui dis-je.

Puis je lui donne une autre fessée pour marquer le point.

Sa respiration est rapide.

— Retire mes vêtements... s'il te plaît.

Je la récompense avec quelques caresses entre les jambes.

— Je veux t'entendre supplier.

Je lui prodigue une nouvelle claque.

Je sais que ça ne devrait pas lui faire réellement mal à travers l'épais pantalon, mais je crois qu'elle doit quand même sentir une petite douleur cinglante. Elle remue et remonte les hanches comme si elle avait envie de plus. *Bordix !* j'avais compris que les humaines aimaient qu'on les punisse, mais je n'avais jamais été intime avec l'une d'entre elles. Mes expériences se limitent à des travailleuses du plaisir avec d'autres espèces hors Zandia.

Je ne souhaite pas réellement faire mal à Zina, surtout maintenant qu'elle vient d'être sauvée. Mais *bordix*, j'ai envie de lui donner la fessée jusqu'à ce que son derrière soit rose et qu'elle crie tellement elle veut me sentir en elle. Qu'elle me dise qu'elle ferait tout ce que je désire.

— Je t'en conjure... supplie-t-elle à bout de souffle. Retire mes vêtements. Touche-moi. S'il te plaît. C'est si bon !

— Avec plaisir.

En un instant, je déchire le tissu de son pantalon et le laisse tomber de ses hanches étroites, jetant le tout de côté. Sa veste et son t-shirt suivent. Ses jambes sont minces et fortes. Mes mains courent sur sa peau. Je découvre qu'elle est réellement humide, tellement que ça glisse entre ses cuisses.

— *Bordix*, Zina ! juré-je en tapotant délicatement son clitoris, si doucement qu'elle doit à peine le sentir.

Elle réagit comme si elle avait été frappée par la foudre.

— Tarek !

Elle tourne son corps et se contorsionne en essayant de se replacer comme elle le désire sur mes doigts.

— Oh, par la Terre !

Je la maintiens en place. Ça va être amusant. Je vais l'exciter sans merci avant de la faire jouir – pour lui monter qui est le patron. Je vais la pousser à désirer cet orgasme plus que tout le reste.

* * *

Zina

. . .

Je suis nue sur ses genoux et j'en veux plus. J'ai envie de le sentir, de le toucher, d'avoir son sexe en moi. Je n'ai jamais fait ça auparavant, mais c'est comme si mon corps savait comment procéder. J'ai bien sûr entendu parler du côté technique par d'autres humaines.

Je ne devrais pas faire ça, mais après tout ce que j'ai traversé... Par la Terre ! C'est formidable de seulement... être bien. De faire taire mon esprit et de m'autoriser à ressentir du plaisir. Je pourrais pleurer tellement c'est agréable d'être cajolée de cette manière, de sentir le contact d'un être qui souhaite uniquement nous apporter une satisfaction et pas de douleur.

Il ne veut pas me retirer les menottes, et ça me rend folle de désir. Il me rend folle.

— Ah ! crié-je.

Mon esprit devient noir avant de se remplir de couleurs. Il me caresse, maintenant, je crois que je suis sur le point de mourir tellement ses doigts me frôlent et glissent avec habileté. Un sentiment s'élève dans mes tripes qui surpasse tout ce que j'ai pu connaître. Je me suis déjà touchée, la nuit dans mon lit, mais ça n'a jamais été aussi bon. Aussi puissant.

— Chut, pas encore ! murmure-t-il. Je ne fais que commencer.

— Non ! gémis-je.

J'aime et déteste ça en même temps. J'ai envie que cette sensation se poursuive à jamais ; j'ai besoin qu'elle grandisse et explose. Parce qu'il me garde dans cette fourchette, je vais mourir de désir.

— Ah, mais les humains ne refusent rien à leur maître zandian ! me réprimande-t-il.

Et avant que je puisse répondre, il me met sur le côté et me donne quelques fessées.

— Aïe ! m'exclamé-je bien que j'apprécie la douleur.

Peut-être même que j'adore ça. Est-ce dépravé ? Je n'aime pas être punie par un grand patron barbare qui manie un bâton électrifié. Mais ce mélange intime de plaisir et de souffrance est complètement différent.

Je ne ressens aucune cruauté chez lui. Et il semble réellement chercher à me faire du bien. Il faufile sa main entre mes cuisses, vers ma fente, et me touche. Je m'enflamme presque.

— Tarek, supplié-je.

— Tu aimes ?

Il recommence. Et encore une fois. Puis, à ma grande surprise, il glisse un doigt lubrifié par mon essence dans mon anus.

— Hiii !

J'émets un cri perçant, par crainte, et serre les fesses, mais mes muscles se détendent une seconde plus tard quand il recommence à me caresser le sexe.

— Ça va aller, tu vas aimer, je te le promets !

Et il a raison. Un doigt dans mon anus, un deuxième dans mon vagin, son autre main parcourant mon corps, je commence à approcher de l'apogée qui m'attend, tout en restant à peine hors de portée. Je ferme les yeux et sanglote presque quand il augmente la pression sur ma peau, petit à petit.

Je suis en sueur, l'entrejambe complètement humide, mais je m'en moque. J'adore ça.

Je sens sa verge sous moi.

— Enlève-moi les menottes, le supplié-je. Que je puisse te toucher aussi. Te procurer du plaisir en retour.

Il continue de me caresser.

— Dis-moi que tu veux jouir, ordonne-t-il. Si tu le demandes gentiment, je te donnerai la permission.

— Je n'ai pas envie de le réclamer.

Au cœur de la passion, je sens la brûlure de l'irritation sous sa domination.

— Alors, tu n'auras pas ce que tu désires.

Il retire ses doigts de mon corps.

J'ai l'impression d'être perdue et vide sans son contact.

— Non, s'il te plaît, le supplié-je immédiatement en écartant les jambes. S'il te plaît. Je vais te le demander. Je t'en prie, remets tes mains sur moi, fais-moi jouir.

— Tu vas me laisser te posséder comme ça ? Contrôler ton plaisir ? Chaque fois que j'en ai envie ?

Il me pince légèrement le clitoris avant de me caresser. De haut. En bas. De haut. En bas.

Je me soumets totalement.

— Oui, oui, vas-y.

— Demande-moi de te donner la fessée. Ensuite, je t'autoriserai à jouir.

— S'il te plaît, donne-moi la fessée.

Je le dis sans réserve et pour être franche, je désire cette brûlure sur mon derrière. J'aime les sensations que cela me procure. Qu'il prenne possession de mon corps, parce que ce qu'il me fait en ce moment – avec tant d'agilité et d'expertise – joue aussi avec précision et soin.

— À ton service, Zina.

Il me positionne de façon que mon postérieur pointe vers le plafond du vaisseau et il me redonne plusieurs claques successives. Chaque coup m'embrase de plus en plus jusqu'à ce que je ne le supporte plus.

Je pousse un cri étranglé. Il semble savoir exactement ce que je veux dire.

— Alors, jouis !

Ses mains sont de retour sur mes fesses et mon sexe et il me manipule à merveille. Mon esprit et mon corps explosent en une symphonie de plaisir si soudaine et magnifique que je gémis sans pouvoir m'arrêter.

* * *

Tarek

Elle est allongée sur mes genoux, épuisée, haletante, recouverte de sueur et excitée. Ses mamelons sont tendus par le plaisir. Je me penche en avant et les suçote pendant qu'elle redescend de son orgasme.

Elle sourit, laisse échapper un gémissement et ses paupières papillonnent. Ses mains menottées sont posées sur son ventre plat.

— C'était... je n'ai même pas les mots.

Je sens combien son corps est détendu. C'est comme si les tensions, la peur et la colère s'étaient dissipées, la libérant pour la toute première fois depuis que je la connais. C'est agréable de savoir que je lui ai procuré ça.

Je lui ai donné du plaisir alors qu'elle était attachée et cela m'excite encore plus. Ma verge est dure comme un roc. Je ne désire rien de plus que de la pencher en avant sur la couchette suspendue et de m'enfouir dans son sexe serré...

Mon communicateur craquelle.

— Tarek, au rapport sur le pont !

Merde !

Je me rends compte de l'endroit où je me trouve et de ce que j'ai fait. Nous sommes au cours d'une mission de sauvetage pour récupérer une jeune humaine et moi, le responsable de la navigation, je prends une pause pour me faire une femelle.

Je grimace.

Bien sûr, j'ai des renforts au centre de commande. Et naturellement, ils m'ont appelé pour une urgence. Mais à quoi je pensais en perdant l'esprit et mon contrôle comme ça ?

Même si je lui ai procuré du plaisir, jamais je n'aurais dû la toucher ! *Bordix !* Comme je complique les choses ! Tous les êtres savent à quel point les humaines peuvent être sensibles et affectives et la façon dont elles s'attachent facilement. Une fois de retour sur Zandia, je ne reverrai ni n'aurai de contact avec la délicieuse femelle. Nous n'aurons aucun motif d'interagir et il n'y a aucune raison pour que le roi Zander m'offre une précieuse reproductrice pour compagne – pas avec mon défaut génétique. Et pourtant, il se pourrait que je vienne tout juste d'établir un lien émotionnel avec elle. De son côté, du moins.

Pas du mien. Je ne peux pas m'attacher.

Je fronce les sourcils, je n'aime pas la manière dont ma poitrine se serre quand j'y pense. Je fais glisser Zina hors de mes cuisses et l'installe à côté de moi. Ses vêtements sont déchirés – elle va devoir les remplacer.

Je tape sur mon communicateur.

— Jass, apporte une autre combinaison de vol à l'humaine Zina. Dépose-la dans le passe-plat.

— Affirmatif.

Si Jass a des soupçons sur la raison pour laquelle l'uniforme actuel n'est plus présentable, il n'en montre rien dans son intonation. En quelques secondes, la nouvelle tenue apparaît.

Je me lève et retire les plis.

— Tiens.

Ma voix est bourrue quand je les tends à Zina. Je rajuste mon sexe, qui est inconfortablement à l'étroit dans mon pantalon. Je n'ai pas joui et je ne peux clairement pas aller me masturber dans un coin. *Bordix !*

Elle soulève ses mains menottées.

— Je ne peux pas.

Je les sépare, mais les laisse à ses poignets.

— N'agresse personne d'autre, sinon je les réactiverai.

Je sais que mon ton est trop dur pour ce qu'il vient de se passer entre nous. Cela n'aurait pas dû se produire. Je ne pouvais tout simplement pas lui résister.

— Je devrais retourner voir Enya.

Regrette-t-elle aussi ce qu'on a fait ? Encore pire, pense-t-elle que c'est une promesse de... fidélité ? Que je me lierai avec elle ? J'ignore comment les humains réfléchissent. Et même si je l'ai terriblement désirée – et c'est toujours le cas –, je ne peux rien lui offrir.

— Bien.

Je m'éclaircis la gorge et tends la main pour lui toucher le bras.

— J'ai aimé ce que nous avons fait, Zina. Beaucoup. Mais je ne serai pas ton maître ou ton compagnon, alors... Ça... on ne peut pas recommencer.

Elle fronce les sourcils, mais hausse les épaules.

— D'accord.

Je me dis qu'elle répond cela seulement pour éviter cette conversation. Mais c'est acceptable. Parce que je ne pourrai plus jamais la toucher de cette façon.

— C'était... Je voulais... Je...

Je ne sais pas quoi dire.

— Je désirais faire en sorte que tu te sentes bien. Mais pas te donner de faux espoirs.

— Je me suis sentie bien.

J'entends son sourire dans sa voix. Mais il s'efface avec sa phrase suivante.

— Mais je n'ai pas d'attentes.

Elle prend le pantalon et commence à l'enfiler. Elle grimace quand sa jambe blessée y entre.

— Tu as mal ?

Bien que je vienne tout juste de promettre de ne pas me soucier d'elle, je me penche immédiatement en avant pour lui toucher la cuisse, mais je m'arrête quand elle recule.

— Je vais bien. Ne t'en fais pas.

Elle met rapidement le bas.

— Enfin, je n'ai qu'une attente, précise-t-elle. Juste une. Que vous, les Zandians, me laissiez m'occuper d'Enya.

Elle referme la ceinture de son pantalon.

— Je suis comme... sa mère, Tarek, poursuit-elle d'une voix plus douce. La seule qu'elle ait connue. Et tu veux que je te dise ? Ça me suffit. Je suis heureuse de prendre soin d'elle. J'ai envie de continuer.

Elle me touche le bras.

Une sensation de froid s'infiltre dans ma poitrine. Je sais déjà qu'ils ont l'intention d'emmener directement Enya à l'isolation médicale pour qu'elle puisse ensuite rencontrer sa mère biologique et se lier avec elle. Je ne crois pas qu'ils gardent Zina avec elle au cours de cette procédure. Ça me tue de ne pas pouvoir le lui dire.

— Alors, je suis certain que tout sera fait pour vous aider toutes les deux à vous remettre, dis-je, ce qui est vrai.

Mes capteurs saisissent une micro-expression, un doute, de la méfiance. La même qu'elle avait sur le pont quand on n'a pas voulu répondre à ses questions sur la raison pour laquelle nous cherchions Enya.

Je parle rapidement pour éviter qu'elle m'interroge sur des sujets interdits.

— Sur Zandia, si tu obtiens l'asile, tu pourras... choisir un compagnon. Et avoir des enfants à toi.

Pourquoi cette idée me remplit-elle de colère et de tristesse ? Je suis conscient que je ne peux pas me reproduire. Et je ne veux pas non plus m'encombrer d'une humaine à gérer. J'ai déjà du mal avec mon stupide corps d'aveugle. Je sais qu'elle ne peut pas être mienne, alors, pourquoi m'en soucier ?

Elle secoue la tête.

— Je suis endommagée. Et on m'a stérilisée.

Elle se touche la jambe recouverte de son pantalon, puis son ventre.

— Je ne peux pas avoir mes propres enfants, révèle-t-elle en relevant le menton. Mais j'ai Enya. Je l'ai élevée et vivre avec cette douleur est supportable avec elle.

Elle me fixe du regard.

— Elle est tout ce que j'ai. Sans Enya... murmure-t-elle. Sans elle, je n'ai pas de raison de continuer.

Un frisson me parcourt.

— Tarek, tu es demandé sur le pont, grésille mon communicateur.

Il m'évite la difficulté de trouver quelque chose à lui rétorquer.

Sans réfléchir, je leur réponds :

— Vingt secondes !

Je me tourne vers Zina, espérant que ma posture lui montre de l'empathie, des excuses et tout ce qu'elle a besoin de voir.

Elle pourra certainement faire face à l'avenir... Pas vrai ? Elle est robuste. Battante.

Je lève la main, un geste ridiculement stérile compte tenu de ce que nous venons de faire. Ce que je lui ai fait. Mais je ne peux rien lui donner de plus.

— Bonne chance, lui dis-je avant de me retourner pour sortir de l'aile.

Chapitre Cinq

Z^{*ina*}

— Où est Enya ?

Je m'assois sur ma couchette, le cœur battant, la tête me fait horriblement mal.

Je repousse la couverture inhabituelle – douce et légère. J'ai des difficultés à me relever, je plisse les yeux pour les accoutumer à la lumière tamisée.

— Où suis-je ?

— Tu es dans le baraquement pour les humains. Ton nouveau dortoir. Salut. Moi, c'est Abbi.

Une femme entre dans mon champ de vision et je bats des paupières pour les décoller.

— Je suis ici pour t'aider à t'acclimater et à te familiari-ser. Pour m'assurer que tu vas bien.

Je me fous d'elle. Je me retourne brusquement, je regarde partout autour de moi – mon enfant a disparu. J'ai les tripes nouées par la terreur et j'ai l'impression que ma tête s'est transformée en plomb.

— S'il vous plaît, Enya a besoin de moi.

Je me rassois, car la pièce tangue, juste un peu, mais assez pour me déséquilibrer.

— Elle va bien. Prends ça, m'encourage Abbi en me tendant un tube de fluides. Donne-toi une minute. Tu dors depuis vingt-sept heures.

— Quoi ? Pourquoi ? J'ai une migraine affreuse.

Je porte une main à ma tête et la frotte, j'aimerais que la douleur pénétrante s'amenuise.

— C'est certainement l'ajustement à notre atmosphère ? C'est pratiquement la même que celle dont tu avais l'habitude, mais ton corps doit quand même s'adapter. En plus, il guérit.

Elle touche mon pack médical qui clignote de trois lumières vertes et d'une jaune. Tu vois ?

— J'ignore ce qu'il se passe.

Elle se retourne et commence à s'affairer, elle organise des sachets dans du papier aluminium.

— As-tu faim ? On m'a demandé...

— Non, emmène-moi seulement auprès d'Enya. Elle est ma famille. Je dois être avec elle.

Elle pose le paquet.

— Hmm... ce ne sera pas possible tout de suite. Je suis vraiment désolée.

Je me lève et lui touche l'épaule.

— Tu as dit qu'elle allait bien.

Je me tords les mains.

— Oh, c'est le cas ! Zina, c'est une super nouvelle. Tu vas être tellement heureuse ! Enya va retrouver sa mère.

Elle marque une pause.

— Sa mère biologique.

La pièce se met à tourner. Ma voix est faible.

— Sa mère biologique ? Ici ? Sur Zandia ?

Je m'assois brusquement.

— Oui, Bayla attend ce moment depuis plusieurs cycles solaires. Personne ne pensait que ce serait être possible.

C'était ce qu'ils me cachaient sur le vaisseau. La raison pour laquelle ils la cherchaient, elle, en particulier.

Cela devrait être une superbe nouvelle. Ça l'est. Mais j'ignore pourquoi mon corps se met en état de panique. Je me serre les mains et j'ai chaud et froid en même temps.

— J'ai dû mal à le croire. C'est réel ?

— Oui. C'est la compagne du docteur Daneth, le médecin du roi, et elle espérait pouvoir retrouver sa petite. C'est un véritable miracle !

— Et ils ne souhaitent pas ma présence quand elle rencontrera... sa m-mère ?

Prononcer ce mot est difficile avec la boule dans ma gorge. Les émotions se bousculent en moi et je n'arrive pas à me concentrer.

— Enya... ne veut pas de moi ?

Abbi détourne le regard.

— Hmm, c'est seulement que tu étais sous médication, que tu avais besoin de dormir et de te reposer. Alors, la délégation a décidé... euh... qu'il serait plus facile de faire la transition initiale sans toi. Juste pour qu'elle puisse rencontrer sa mère le plus rapidement possible, tu comprends ?

— Mais je... on... n'a jamais été séparées. Elle est comme ma propre enfant, ou une petite sœur.

Je me lève et gesticule. Mon cœur bat la chamade.

— Abbi, s'il te plaît. Elle pourrait avoir peur, être sous le choc ou... Elle a besoin de moi.

La jeune femme se retourne et hésite, peut-être que mon expression l'inquiète.

— Je suis vraiment désolée, mais on m'a demandé de ne... hum... pas t'emmener auprès d'elle. Pour le moment, ajoute-t-elle. Jusqu'à ce qu'on ait l'approbation.

Je m'assois, je respire fort, la tête me tourne.

— Non.

Elle me touche le bras.

— On m'a dit qu'elle va bien. C'est seulement temporaire, jusqu'à ce qu'elle passe le premier obstacle. Tu la reverras. Et je sais qu'ils sont tous reconnaissants envers toi pour avoir pris aussi bien soin d'elle. Il est évident qu'elle ne serait plus en vie sans toi. Tu es un peu une héroïne.

Elle me serre les doigts. Je frissonne, j'ai soudain froid.

— Je ne suis pas une héroïne, Abbi. Seulement une humaine comme une autre qui a essayé de survivre à un esclavagisme galactique.

— Parfois, c'est la véritable bravoure.

Elle me sourit, mais il m'est impossible de répondre de la même manière. Franchement, j'ignore ce qu'il se passe en moi pour le moment. Je devrais être heureuse pour Enya et sa mère. Mais je me sens tout de même inutile – comme si on m'avait écartée tel un déchet désormais insignifiant. Je me touche la jambe.

— Tu as encore besoin de te reposer. Ensuite, on va commencer la procédure pour que tu t'habitues à Zandia.

Elle s'empare d'une somptueuse couverture en soie d'araignée – le genre dont se servait mon ancien maître ocretian – et elle la met sur mes épaules. Je me rends compte que mes vêtements – une robe ajustée – sont également doux et luxueux. Je n'ai jamais senti des tissus de ce genre sur ma peau auparavant. Une espèce aussi gentille et accueillante ne doit probablement pas mentir à propos d'Enya.

Elle me touche le bras.

— Je sais que tu es habituée à ce que des malheurs arrivent. Mais cet endroit est bien. Ici, nous le sommes tout autant et nous sommes libres. Les Zandians sont bienveillants et aimables. Je te le promets.

Elle baisse la voix.

— Toutes les femmes humaines ont traversé ces phases d'adaptation et nous sommes là pour t'aider.

Malgré ma panique d'être séparée d'Enya, je vois qu'elle a de bonnes intentions. Qu'elle est sincère.

Je hoche la tête.

— Merci.

Je peux être reconnaissante pour beaucoup de choses, ici – ma vie, ma sécurité, ma présence sur une planète où je pourrai avoir un semblant de liberté, pour la première fois de mon existence.

Pourtant, sans Enya dans mes bras, je me sens vide.

À quoi ressemble sa mère ? La petite m'oubliera-t-elle aussitôt ?

Je suis certaine que non. Elle ne le peut pas !

Et si elle n'avait plus jamais besoin de moi ? Comment peut-elle surmonter ça sans m'avoir à ses côtés ? Je semble avoir perdu mon but. Toutes ces années en tant qu'esclave, je tenais pour protéger les enfants. Pour les aider à rester vivants, en sécurité. Un par un, on m'a retiré les jeunes, mais j'avais toujours Enya. Elle était ma famille. Mon tout.

Des larmes coulent sur mes joues.

Pour empirer la situation, l'image du fort Zandian aveugle me traverse l'esprit... La manière merveilleuse dont il m'avait touchée. Je ne sais pas pourquoi j'ai le sentiment d'avoir besoin de lui, mais c'est le cas.

C'est peut-être une réponse biologique d'une prisonnière créant un lien avec son geôlier, mais j'éprouve une sorte d'attachement envers lui.

Et ce qu'il a fait à mon corps... Je n'ai jamais ressenti autant de plaisir au cours de ma vie. Mais il paraissait regretter ce que nous avions fait.

Abbi s'éclaircit la gorge.

— Tu vas bien ?

Je relève le menton.

— Je vais bien.

Et ce sera le cas. Je dois seulement trouver la force de traverser cette épreuve. Combien d'humains tueraient pour être à ma place ? C'est stupide de pleurnicher sur des choses merveilleuses. Je reverrai Enya très bientôt et tout... s'arrangera.

— Parle-moi de Zandia.

Chapitre Six

Z^{ina}

— Je dois te punir.

Le grand navigateur aveugle me tient entre ses jambes, tirant sur le corsage de ma robe pour dévoiler mes seins. Il se penche en avant et suçote un mamelon tout en pinçant et tordant l'autre.

— Tu as été une vilaine femelle et je suis ton maître. Ce sera mon devoir de te garder sur le droit chemin.

— Co-comment vas-tu faire, maître ?

— Avec mon fouet et ma langue.

Il claque la lanière devant mon visage, mais je n'ai pas peur, je suis excitée.

— Maintenant, retire tes vêtements, petite humaine. Il est temps de te punir.

J'enlève rapidement ma superbe robe zandianne et je me tiens nue devant mon nouveau maître.

— Mains contre le mur.

Je me dépêche de lui obéir, j'appuie mes paumes contre la paroi et je pointe les fesses en arrière pour recevoir ma correction.

Il me fouette, la piqûre de la lanière qui me percute me met dans une frénésie, jusqu'à ce que je sois essoufflée et que je supplie pour en avoir plus.

Puis il me soulève, me couche sur son bureau et m'écarte les cuisses...

Je suis allongée, le visage enfoncé dans mon lit et mes doigts me caressant entre les jambes jusqu'à ce que je gémisse dans mon oreiller moelleux et que je jouisse. Mes hanches remuent contre ma main quand l'assouvissement s'accompagne de halètements et de grognements.

Ridicule !

Je n'arrive pas à croire que je fantasme sur ce mâle.

Ça montre combien ma vie ici sur Zandia est vaste, j'ai assez d'intimité, de temps et de pulsions sexuelles pour me masturber. Au cours de toutes mes années sur Ocretia, je me suis rarement fait du bien. Je n'y pensais même pratiquement jamais. Maintenant, c'est devenu mon rituel du matin.

Et systématiquement en songeant à lui.

Les joues toujours rougies après mon orgasme, je sors du lit. Ma chambre est simple et austère, mais elle est cent fois mieux que les conditions dans lesquelles j'habitais sur Ocretia. J'ai ma propre pièce ! On me donne de la nourriture délicieuse. Et je n'ai pas encore eu à travailler. Pour le moment, on me laisse le temps de m'acclimater et d'observer des personnes ayant différentes occupations. Ensuite, ils disent que je pourrai choisir à quoi j'ai envie de participer.

La vie serait parfaite si seulement je pouvais voir Enya. En chair et en os, je veux dire. Je lui ai brièvement parlé lors d'un appel holographique, après avoir commencé à piquer des crises parce que je voulais savoir qu'elle était en sécurité.

C'était le cas.

Elle n'a pas dit grand-chose, par contre. Elle a seulement confirmé qu'elle était avec sa mère biologique et que tout allait bien.

Je devrais pouvoir passer à autre chose et démarrer une nouvelle vie. J'ignore pourquoi je me sens si perdue, toutefois.

* * *

Tarek

Je suis dans mon tube de lavage, le sexe à la main, me masturbant comme si je voulais me l'arracher.

Je ne pense qu'à Zina, la délicieuse humaine que j'ai pu tenir dans mes bras et à qui j'ai procuré du plaisir sur le vaisseau. Jamais en un millier de voyages interstellaires je n'aurais imaginé toucher un membre de son espèce.

Être celui qui administrerait une punition. Lui apprendre notre façon de faire.

Les femelles m'évitent. Je suis grotesque, pour elles, avec mes yeux vides et mon énorme taille. Je suis bourru et ronchon et certainement effrayant.

Pourtant, celle-ci s'est accrochée à moi depuis le début. Pour une raison quelconque, elle m'a choisi comme Zandian de confiance. Et cela me donne envie d'accomplir ce rôle pour elle.

Mais je ne le peux pas. Le roi ne m'accordera jamais le

droit de me lier. Et je ne vais pas m'humilier à le lui demander.

Ma cécité s'en est assez chargée depuis ma naissance.

Je pense à la sensation de ses mamelons tendus contre ma langue, à l'odeur de son excitation. Je jouis et des jets de sperme arc-en-ciel colorent les parois du tube de lavage. J'appuie sur le bouton pour me redoucher.

Bordix !

Je dois oublier cette charmante petite humaine et me concentrer sur mon travail. Le roi a investi une grande quantité de ressources pour me « réparer » et je dois ce que j'ai de meilleur à Zandia.

* * *

Zina

— As-tu décidé où tu voulais devenir apprentie ?

C'est la troisième rotation planétaire d'affilée qu'Abbi me pose la question et je stresse en pensant à la réponse à apporter. Je suis loin d'être familiarisée avec Zandia, où je vis depuis deux semaines maintenant. C'est... merveilleux. Je suis plus ou moins libre pour la première fois de mon existence, sans l'oppression des Ocretians nous considérant comme des êtres inférieurs et une espèce dégoûtante. Je n'ai jamais connu une situation où les humains étaient traités avec respect et confiance. J'ai toujours l'impression de rêver.

— Non. On est où, par rapport aux dortoirs ?

Je regarde autour de moi pour essayer de m'orienter.

— Alors, Zina, on est sur la place principale.

Abbi fait un geste sur la gauche.

— Ils sont au coin de la rue. Tu les vois dans le fond ?

Elle désigne une direction.

— Et par là, c'est la route qui mène à la chute et à la grotte du cristal. Et cette direction ?

Elle indique la voie devant elle.

— Après la ville, on ne peut pas l'apercevoir d'ici, mais on tombe sur la forêt et les champs. N'y va pas toute seule, par contre. Les *vipns* chassent parfois dans ce coin.

— D'accord. Ce n'est pas pour moi.

Je n'ai aucune envie de rencontrer l'une de ces bêtes sauvages avec leur salive empoisonnée et leurs poils qui donnent des envies d'agression.

— Ils semblent repoussants.

— Oh, ils le sont ! Mirelle en a tué un d'un coup de pied, mais habituellement, ça nécessite un paralyseur ou une arme. C'est une combattante, alors, c'est différent pour elle.

— Je vois, dis-je en m'appuyant sur ma mauvaise jambe. Ce n'est pas mon point fort.

— En parlant de ça... On a une liste d'aptitudes potentielles à parcourir. Tu aimerais peut-être en apprendre certaines.

Abbi tape sur son communicateur. Elle n'abandonne pas.

— As-tu réduit l'éventail des possibilités ?

— Non.

C'est toujours difficile de me concentrer sur mon avenir, ma simple présence sur cette planète est une distraction. Et le pire, c'est que je suis là depuis plus de deux semaines et que je veux juste voir Enya. Ça me manque de m'occuper d'elle. De la serrer contre moi la nuit. De lui chanter des chansons pour l'aider à oublier ses cauchemars.

Mais il n'y en a pas ici.

Et quand je demande à la rencontrer, on m'envoie seulement balader.

Elle est toujours en transition. Ils la suivent de très près le temps qu'elle crée des liens avec sa mère. Ils sont tous très reconnaissants envers moi et Enya est heureuse. Je n'ai pas à m'en faire, je la verrai bientôt. C'est la décision du médecin et il est préférable de faire l'adaptation de cette manière. Il faut faire confiance au protocole.

Tout cela reste très vague et ça me rend folle. Je suis contente qu'ils prennent autant soin d'Enya. Mais elle me manque. Je m'inquiète pour elle. Jusqu'à ce que je puisse la serrer contre moi, lui parler, je ne pourrai pas me concentrer sur mon avenir et sur moi.

Je jette un œil au premier sentier, mais je n'aperçois que de fantastiques dômes de métal et quelques voitures volantes.

— C'est loin.

Abbi semble savoir que je souhaite entrevoir les cristaux.

— On ira visiter la grotte dans quelques rotations planétaires.

Puis elle regarde la liste sur son communicateur.

— Alors, tu as pensé à la médecine ? s'enquit-elle. Tu aurais envie d'apprendre à être soignante ?

Je frissonne.

— Non. Beurk !

— Oui, moi non plus. Le sang, ce n'est pas agréable.

Elle appuie sur son poignet.

— Et l'agriculture ? Tu aimes les plantes et ce genre de choses ? demande-t-elle en désignant un arbre à proximité. Regarde, celui-là est beau avec ses fleurs argentées bouffantes. C'est un *malak*. Je pense que ses fruits sont utilisés pour... quelque chose.

Elle agite la main.

Les boutons sont en effet adorables, avec leurs pétales flottants et fragiles qui se balancent sous la brise, mais ensuite, j'imagine les champs couverts de fleurs et de récoltes. Les insectes. Des outils qui... font des choses.

— Pas vraiment.

— Et avec l'usage de la technologie ? Tu t'en sors comment ?

Je grogne.

— Je n'ai jamais été autorisée à l'utiliser, alors... pas très bien. En fait, je sais assez bien coder et faire des mathématiques. Le maître a besoin que je gère les emplois du temps et le budget de sa maisonnée.

Je frissonne.

— Avait besoin, je veux dire, me corrigé-je. Ce n'est pas facile de m'accoutumer au fait qu'il ne me possède plus.

— J'ai mis tout un cycle solaire pour arrêter de regarder par-dessus mon épaule quand j'entendais des bruits la nuit, avoue Abbi en penchant la tête. Tu pourrais rejoindre le groupe de soutien pour les humains. Certains d'entre nous ont toujours des cauchemars.

Ses yeux sont tristes, malgré son humeur habituelle. L'acclimatation ne se fait pas en un jour. Je m'éclaircis la gorge, parce que penser à tout ça n'est pas bon pour le moral.

— D'accord. Alors, oui, je sais coder.

— Super ! Je suis certaine que ce sera utile, en tout cas. Et tu sais, la plupart des humains qui arrivent ne connaissent rien du tout au code ! Ce n'est pas grave. On apporte des compétences à tout le monde. C'est génial !

Elle est de nouveau si resplendissante et enjouée que je souris malgré moi.

Mais je regarde quand même autour de moi, essayant de

trouver dans quel bâtiment pourraient être la maison de la famille royale... et Enya. Serait-il possible de me faufiler et de voir si tout va bien ? Ce ne serait certainement pas une bonne idée. Je suis toujours nouvelle et je ne souhaite pas mettre ma place en péril.

— Et le combat ? L'école de pilotage ? Probablement pas.

Abbi les raie sans vérifier, mais ça ne m'ennuie pas parce qu'elle a tout à fait raison.

— Non, tu aurais besoin d'antécédents spéciaux pour ça.

J'essaie de me concentrer. Ça ne m'aidera pas de penser à Enya. Je dois être confiante, elle se porte bien. Sa... vraie mère... prend bien soin d'elle. Je dois absolument me changer les idées.

— Peut-être le tissage ? La conception de vêtements ? Tu es douée pour fabriquer des choses avec tes mains ?

Je ressens de la terreur. Je cligne des yeux.

— Je le suis pour m'occuper des enfants. C'est principalement tout ce que j'ai fait, Abbi. J'ai pris soin de jeunes et d'Enya. Et j'ai accompli des tâches domestiques. Je fais beaucoup de ménage au domicile du maître.

Une pause.

— Je faisais.

— Alors, on pourrait probablement t'intégrer à l'équipe de nettoyage, je crois.

Abbi ne semble pas sûre.

— Mais c'est peu gratifiant. Et c'est presque toujours temporaire, jusqu'à ce qu'on trouve une carrière plus satisfaisante.

Je prends une inspiration.

— Je m'en fiche. Je suppose que je ne suis pas douée pour grand-chose.

Abbi fronce les sourcils en entendant ça, mais c'est vrai.

Du coin de l'œil, je vois deux grands êtres violets nous observer.

— Qui sont-ils ?

Je donne un coup de coude à ma compagne et me rapproche d'elle. Je suis nerveuse.

— Oh, on dirait des guerriers de retour de mission !

— Comment peux-tu être aussi décontractée ?

Je regarde à la dérobée et je rougis quand l'un des deux me lance une œillade remplie d'allusions.

— Ils pensent certainement que tu es jolie, glousse Abbi. Les nouvelles humaines reçoivent toujours beaucoup d'attention. Ils cherchent une compagne.

— Attends, tous les deux ? Pas ensemble ?

Je suis décontenancé.

Mais elle fait comme si tout était normal.

— Oui. Il n'y a pas assez de femelles pour les guerriers. Nombre de Zandians se lient à deux ou trois avec la même femelle.

Je les regarde à nouveau.

— Ils me partageraient ?

— En effet, si tu acceptes. Ils sont mignons.

Elle me tire la manche. Je les observe. Elle a raison, bien qu'ils ne soutiennent pas la comparaison avec mon navigateur non-voyant.

Pas le *mien*. Je suis stupide !

— Qu'est-ce... euh... Tarek. Tu le connais ?

Elle se tourne pour m'examiner.

— Tarek ? Bien sûr, tout le monde connaît le Zandian aveugle. C'est une légende, ici. Il était sur ton vaisseau de sauvetage, non ?

— Oui.

Je me lèche les lèvres. Les deux Zandians nous observent toujours. Je sens leur regard brûlant sur ma peau.

— Il était... intéressant.

— Ah bon ?

Je ne devrais certainement pas lui dire ce qu'il m'a fait à bord.

— Il était accueillant.

Mon visage s'embrase malgré mes efforts pour ne pas m'empourprer. Je tousse et rougis encore plus.

— En fait... laisse tomber.

— Accueillant ? Ça veut dire quoi, exactement ?

Elle plisse les yeux, un sourire s'esquisse sur ses lèvres.

— Hum, en fait... il a pris des initiatives pour m'aider à me détendre.

J'ai tellement envie de me confier à quelqu'un sur ce qu'il s'est passé, mais je n'ai pas le sentiment que ce soit le bon moment. Et s'il avait des ennuis si on le découvrait ?

J'inspire.

— En tout cas, il est gentil. Il sait naviguer sans voir. C'est impressionnant !

— Il a des capacités spéciales. Mais je ne suis pas certaine que je le qualifierais de gentil. Il n'est pas méchant. Mais il est extrêmement bourru. La plupart des humains débarqués depuis peu, même les plus anciens, ont peur de lui, surtout parce qu'il est si imposant.

Elle me jette un regard.

— Alors, commencé-je à dire avant de m'en rendre compte, c'est l'unique raison pour laquelle je pose la question. Sur le vaisseau, j'étais très intéressée par son équipement de navigation. C'est vraiment fascinant. C'est si puissant ! J'aime bien, en fait. Peut-être que je pourrais étudier ça ?

— La navigation ?

Elle semble surprise. Autant que moi. Je suis en colère contre Tarek pour ne pas m'avoir dit la vérité pour Enya. J'ai envie de lui arracher ses cornes violettes. Alors, pourquoi je demande à travailler avec lui ? J'ignore pourquoi j'ai formulé cette requête. Mais à l'instant où je prononce ces mots, je sais que c'est ce que je veux en ce moment. Je mens à Abbi :

— Ah oui ! C'est une passion que je cultive en secret depuis plusieurs cycles solaires. Je m'intéressais seulement à la question.

— Tu as de l'expérience ?

Elle penche la tête. Fronce les sourcils.

— Euh, non, mais chaque fois que je suis montée à bord d'un vaisseau, même quand j'étais pétrifiée à l'idée de l'endroit où on pouvait m'emmener, je ne pouvais pas m'empêcher de regarder les consoles et de penser que j'aimerais faire ça au cours d'une de ces rotations planétaires. Si seulement... hmm... j'avais la liberté de choisir.

J'essaie de paraître sérieuse. Et innocente. Comme si j'avais effectué des centaines de vols. Ce qui n'est pas le cas.

— Hmm. Je vois.

Elle acquiesce. Elle appuie sur son communicateur.

Je ramène ça à ma situation.

— C'est mieux que le ménage. Ça m'aiderait réellement à me concentrer et à m'adapter, si j'en avais la chance.

— Alors, j'ai effectivement un poste ouvert pour un stagiaire en navigation. Mais...

Elle laisse la phrase en suspens.

— Tu vas devoir cumuler de nombreux prérequis pour commencer la formation. Entraînement au vol, préparation au combat. Codage avancé. Lecture de plans. Programmation. Cartes spatiales, pratique dans les ceintures d'astéroïdes. Et ce n'est que le début.

Je l'interromps.

— Je veux apprendre. Je vais travailler dur.

Elle ne semble pas certaine que j'en sois capable.

— Je peux parler au commandant et voir ce qu'il en dit. Mais, et ne le prends pas mal, il va refuser. De nombreux membres d'équipage visent déjà ce poste. Et ce sont déjà des experts au combat.

Je déglutis.

— Je comprends.

— Mais c'est la première chose pour laquelle tu montres de l'intérêt, et c'est génial, Zina. Vraiment. Alors, je vais quand même parler au commandant. Au moins, ça te fait interagir avec des Zandians et ça va te donner plus d'options et de choix. Il pourra peut-être te trouver des propositions plus adaptées.

Je lui souris.

— Merci. C'est parfait !

— On peut aller tout de suite vers le dôme de pilotage, suggère-t-elle en le désignant. C'est seulement à dix minutes.

— On peut... simplement nous y rendre à pied ? Sans être accompagnées ? Est-ce qu'on doit enregistrer notre destination auprès des maîtres ou...

Je m'interromps, je me sens stupide.

Abbi me touche le bras.

— Zina, tant qu'on revient vers maîtresse Kaal, on peut se déplacer partout.

Maîtresse Kaal est la vieille femelle zandianne surveillante et responsable des humaines de notre dortoir.

Je frotte le code-barre sur ma nuque.

— Je n'arrête pas de penser que je dois faire un rapport. Que je dois rappeler à Enya de cacher ses cheveux et son visage, lui dire de garder les yeux baissés. Et de ne pas marcher trop vite. Et...

Un nouveau sentiment jaillit en moi et ça me prend un moment pour le reconnaître.

— Oh, par la Terre ! C'est ça, être libre ?

C'est affreux d'être sans Enya. Toutefois, n'ayant pas besoin de continuellement la protéger, je peux me concentrer sur moi pour la première fois de ma vie.

Je laisse tomber mes bras avant de les étirer, timidement, puis avec plus de confiance en moi.

— Je peux faire ça si je veux ?

Je regarde le visage d'Abbi, puis je virevolte. J'éclate de rire.

— Et ça ! Je peux le faire !

Je tourne sur moi-même sans fin.

— Abbi, c'est...

Boum ! Je percute quelque chose de gros.

— Ouf !

Des membres forts m'attrapent, la poigne est puissante, mais pas douloureuse.

— Fais attention à toi, petite humaine.

Une poussée d'adrénaline me traverse. C'est lui. *Tarek !* Je reconnaîtrais sa voix n'importe où. Et ce contact... On dirait que mes bras nus sont survoltés.

Il finit par remarquer que c'est moi. Même s'il ne peut me voir.

— Zina, dit-il d'une voix rauque. Tu es ici ?

Il se tourne vers Abbi. Puis à nouveau vers moi.

— Tu vas bien ?

— Autant que possible puisqu'on m'a retiré Enya.

Il ne m'a pas lâchée, mais je m'en moque. J'aime bien. Il glisse ses mains le long de mes bras pour atteindre les miennes et les serre légèrement. Il baisse le ton.

— Je me demandais ce que tu devenais.

— Tu aurais pu venir me trouver si tu l'avais voulu.

Je me rapproche. C'est tellement inapproprié, mais je ne peux résister. Je m'en veux intérieurement de la note plaintive et remplie de désir qui teinte mes paroles.

— Mais tu ne l'as pas fait.

— J'étais en mission.

Sa voix change, elle est maintenant froide et il lâche mes mains. Il recule, comme s'il se souvenait tout à coup que je suis constituée de lave ou de quelque chose de toxique.

Je soupire. Mais je ne peux le quitter des yeux. Et les siens s'attardent sur moi, bien qu'il ne voie rien. Je présume que ses capteurs cérébraux lui donnent une quantité d'informations sur moi. Je me sens étrangement nue, peut-être même plus que si j'avais été face à un mâle en possession de toutes ses capacités visuelles.

* * *

Tarek

— Tarek, ça tombe bien ! intervient Abbi en s'avançant à mon niveau. Zina et moi, on discutait de ce qu'elle voudrait faire. Elle s'intéresse à la navigation. Je lui expliquais que ces emplois sont réservés aux pilotes qui ont des talents particuliers, ou des personnes qui ont démontré des capacités indéniables.

Elle s'exprime avec des hésitations. Je hoche la tête en direction de l'humaine.

— C'est exact. Seuls les meilleurs ont l'autorisation d'essayer l'entraînement pour intégrer cette formation.

Mon corps réagit à la présence de Zina – tellement

différemment qu'avec les autres femelles. N'importe laquelle. Mes cornes sont plus épaisses, mon sexe tressaille.

— Je lui ai aussi expliqué qu'en tant qu'humaine sans compagnon, le responsable de son apprentissage sera son tuteur temporaire. Et que seul un Zandian estimant qu'elle conviendrait réellement au poste l'accepterait.

Elle cligne des yeux en me regardant.

J'enregistre ces informations. Tous les Zandians savent que les êtres occupant cette fonction forgent souvent des liens permanents. Plus de la moitié des couples ou des trios que je connais ont commencé par des relations de formation professionnelle.

Je me souviens aussi que les « tuteurs temporaires » doivent superviser et corriger les comportements d'humains. Mon sexe durcit quand j'y songe et je grogne en pensant qu'un autre Zandian pourrait donner la fessée à Zina. La toucher comme je l'ai fait sur le vaisseau.

Abbi me fait un sourire nerveux.

— Alors, si tu pouvais répéter tout ça, ça nous éviterait le trajet jusque...

Je l'interromps brusquement :

— Envoie-la dans mon dôme. Je vais la tester personnellement pour savoir si elle est apte ou non pour le programme de formation.

— *Quoi* ? s'exclame Abbi en clignant des yeux. Je veux dire, oui, monsieur. Mais... euh...

— Elle a des réflexes.

Ce n'est pas un mensonge. J'ai appris la façon dont elle a réfléchi rapidement et été maligne sur la planète esclavagiste, pendant la vente aux enchères, pour organiser leur évasion. Malgré ses blessures. Beaucoup d'autres humains n'auraient pas réussi – mais elle y est parvenue.

— Elle a de la force et de bons instincts. On a besoin des

deux pour la navigation. On peut au moins voir ce qu'il en est.

— Alors, c'est réglé.

Abbi semble confuse et je comprends pourquoi. Cette formation est destinée à la crème de la crème. Mais ce n'est pas à elle de prendre la décision, *bordix* !

— Amène-la demain.

Je me tourne vers Zina.

— Prépare-toi à travailler dur, ajouté-je.

— C'est toujours le cas.

Elle relève le menton, si j'en crois mon registre des mouvements.

Je réprime un sourire. J'aime sa combativité.

— Bien. C'est le minimum si on veut avoir une chance.

Je croise les bras.

Ses yeux s'écarquillent sur mon dispositif oculaire. Aime-t-elle mon apparence ? J'essaie de ne pas afficher un air suffisant. Elle ne peut peut-être pas devenir mienne, comme toutes les autres femelles, mais c'est agréable de se sentir apprécié en tant que mâle.

Quand m'est-ce arrivé ?

Jamais.

Habituellement, les humains se recroquevillent devant moi, intimidés par ma taille ou ma cécité, parfois les deux.

— Je crois que tu verras que je suis acceptable, nue ou pas.

Elle sourit, mais je sais que c'est aussi une provocation. Mon sexe durcit.

Oh, vraiment ? Cette petite humaine fougueuse veut jouer avec moi ? Allons-y !

Je glisse mes jointures sous son menton.

— J'ai hâte de le découvrir.

La peau de son visage se réchauffe. Mes capteurs de

lumière enregistrent un changement dans les mesures de nanomètres. Ah ! Elle rougit.

Ça va être amusant.

Je ne devrais pas le faire. C'est mal sous tellement d'aspects !

Mais pour la première fois depuis plusieurs cycles solaires, en songeant à la prochaine rotation planétaire, je ne ressens pas seulement des obligations et le devoir.

Je sens aussi le frisson de l'excitation.

Chapitre Sept

Tarek

— Comment ça va avec Taisha ?

Je récupère mon logiciel d'entraînement dans mon présentoir d'hologramme. À côté de moi, le capitaine Drayk prépare des équipements.

— Bien, répond-il avant de poursuivre à voix basse. Je l'ai prise trois fois seulement, ce matin.

Son sourire est si grand qu'on pourrait faire passer un vaisseau de guerre de classe-5 à travers ses dents.

— Je suis surpris que tu aies réussi à ramener ton corps fatigué jusqu'ici, lui lancé-je, mais une partie de moi est jalouse.

— C'est tout le contraire. Ça m'apporte de l'énergie.

Il me donne un coup de poing sur l'épaule.

— Quand vas-tu demander une compagne ? s'enquit-il.

— Tu le sais. Jamais.

Ma réponse est rapide, bien que des images me traversent l'esprit : une petite humaine nichée dans mes bras, criant de plaisir.

Il abandonne habituellement le sujet, mais il persiste en cette rotation planétaire.

— Pourquoi pas ?

Je retiens mon envie de lui grogner après.

— Ne te moque pas de moi en me posant la question, répliqué-je en lui désignant ma tête. Ce n'est pas évident ou tu es aveugle, toi aussi ?

Il se renfrogne et croise les bras.

— Le docteur Daneth et le roi Zander n'ont jamais requis que tu te retires du patrimoine génétique. C'est ta décision. Et elle est mauvaise.

— Vraiment ? Tu penses qu'un Zandian non voyant est apte à guider la prochaine génération ?

Je branle du chef avec dégoût.

— Je suis certain que si je demandais une compagne, on me la refuserait, ajouté-je. Pourquoi prendre le risque de subir la douleur de ce genre de rejet ?

J'entends la voix de mon père dans ma tête, l'une des choses dont je me souviens. *Il est faible et a une tare. Il n'apportera jamais d'honneur à la famille. Je préférerais qu'il ne soit jamais né.*

Drayk hausse le ton.

— Tu as des talents phénoménaux, Tarek.

Il marque une pause.

— Même si tu n'as jamais de petits, ce serait bénéfique pour toi d'avoir une compagne. C'est bon pour les Zandians, précise-t-il avec plus de douceur. Tu es seul depuis si longtemps ! Peut-être qu'une humaine qui ne peut enfanter te conviendrait ? Je crois que si tu parles au roi Zander, il serait compréhensif...

— Je n'ai besoin de la pitié de personne, répliqué-je avant d'appuyer sur mon casque. De plus, je suis sûr qu'il conviendra que Zandia mérite mieux. Et il ordonnerait certainement que je partage une femelle si j'en voulais une. Aucune humaine ne sera gâchée avec un Zandian qui ne se reproduira pas. Le roi Zander ne m'autorisera pas à avoir ma propre compagne.

— Partager n'est pas si mal, mentionne-t-il en souriant. Certains d'entre nous préfèrent ça.

Je l'interromps d'une voix cassante :

— Ce n'est pas pour moi. Pas plus que me lier, alors, laisse tomber.

Il commence à dire quelque chose, mais deux autres techniciens entrent dans le dôme, il se contente donc de secouer la tête.

— Tu as une... humaine qui vient pour une évaluation au cours de cette rotation planétaire ? demande le premier, Marlon, un peu confus. C'est original !

— La nouvelle. Test de navigation initial. Je m'occupe de l'écran.

Drayk sursaute, me jette un regard, mais sa voix reste parfaitement neutre.

— Zina ? *Elle* fait le test de navigation ?

Me fixe-t-il plus durement que d'habitude ?

— Oui.

Je hoche la tête.

Il attend. Relève un sourcil.

— On a déjà une liste de très bons guerriers zandians qui souhaitent passer ce test.

Je tâche de ne pas me renfrogner.

— Maître Seke a dit que Zandia doit mettre l'accent sur l'acclimatation des nouveaux arrivants humains et qu'il faut leur donner une chance d'essayer des domaines qui les intéressent. Je suis simplement les ordres, mentionné-je en croisant les bras. De plus, les autres candidats n'auront pas à attendre plus d'une demi-rotation planétaire pour avoir leur tour.

— Je vois.

Il me lance un long regard, parce que cela prend un moment avant que j'enregistre un mouvement de ses pupilles quittant mon visage.

— J'aimerais beaucoup voir les résultats de son examen. Je suis certain que tu me tiendras informé.

Il secoue un peu le chef et s'éloigne. Je ne suis pas sûr de savoir pourquoi il sourit – il n'y a pas matière à rire.

Je penche la tête.

— Bien sûr !

Il se tourne vers les techniciens.

— Dirigez-vous vers le dôme 2 pour des réparations de satellite.

— Oui, capitaine.

Ils filent d'un pas vif et en même temps, mes capteurs m'informent de la présence d'une nouvelle personne dans la zone.

Elle est là.

Je m'oriente vers l'entrée.

Zina approche. Je le sais sans avoir besoin de mon implant, parce que je détecte sa délicieuse odeur – une sorte de mélange floral et d'essences féminines. Des notes de cannelle et quelque chose qui émane de sa peau, pas un parfum.

J'aime bien.

* * *

Zina

100

. . .

— Tu t'intéresses à la navigation ?

La voix de Tarek est profonde. Il est beau. Vraiment beau. Sa seule présence fait pointer mes mamelons. Mon cœur bat plus vite.

J'acquiesce vigoureusement avec le sourire.

— Très. Ça me passionne vraiment, je ne sais pas si je pourrais assez insister sur ce point.

Mon regard passe de lui au capitaine Drayk et je croise les yeux de ce dernier en espérant paraître sincère.

Celui-ci semble peu convaincu par ma ferveur. Il m'examine des pieds à la tête, me jauge, puis secoue un peu la tête.

— Oui, ajouté-je bien que personne n'ait posé de question.

Pour être franche, je suis terrifiée par la navigation, mais j'ai encore plus peur d'être sans emploi. Et cela n'a pas de prix de savoir qu'intégrer cette formation va me permettre d'être en compagnie de Tarek. Je comprends qu'il ne s'intéresse pas à moi. Et cela devrait être réciproque, parce qu'il a été un connard avec moi, en quelque sorte.

Mais je suis attirée par lui.

Tarek croise les bras sur son torse et ses muscles ressortent.

— La navigation. Elle est d'une importance capitale pour Zandia en ce moment. Et pour son avenir.

J'opine du chef et jette un œil à son corps. J'ai le souffle coupé devant la manière dont son pantalon est tendu sur ses cuisses immenses. Et son sexe.

— Oui. Comme... euh... les étoiles. Naviguer. Aller vers des étoiles, vers d'autres étoiles et... hmm... par les étoiles. Les astéroïdes. L'espace. Des choses bien.

Je hoche la tête comme si je disais quelque chose d'intelligent.

Le capitaine Drayk a soudain une expression étrange, mais elle disparaît après une microseconde.

— Bonne chance, Zina. Merci pour ton dévouement envers Zandia. Tarek va superviser l'examen.

J'essaie de ne pas penser à ce que j'aimerais que ce dernier supervise, mais la chaleur sur mon visage m'apprend que je ne suis pas aussi détendue que je le prétends.

— Super ! Ça me semble parfait.

Abbi a regardé attentivement la scène se déroulant devant elle et s'éclaircit maintenant la gorge.

— Si vous n'avez plus besoin de moi, je vais retourner aux baraquements. J'ai un nouveau dortoir à préparer.

Elle me touche le bras.

— Passe une bonne rotation planétaire, Zina.

Il ne reste plus que Tarek et moi. Et le capitaine Drayk, mais il s'est éloigné vers une console de l'autre côté du dôme, donc nous ne sommes pratiquement que tous les deux. Je recroqueville mes orteils contre le sol.

— Voilà. Je suis là.

— En effet. Je ne sais pas pourquoi j'ai accepté de faire ça.

Il semble confus. Mais il est près de moi. Plus proche qu'on pourrait s'y attendre de la part d'un Zandian et d'une humaine rescapée. Mais me désire-t-il toujours ?

— Parce que tu as vu ma capacité pour l'excellence, je présume.

C'est agréable d'avoir une conversation légère. Après avoir été asservie aussi longtemps, la possibilité d'utiliser l'humour librement avec un supérieur est comme une drogue pour moi. Je ne m'en lasse pas. Oh, entre humains, nous rendions les baraquements chaleureux, nous riions lorsque c'était possible. Mais les gardes ocretians n'aimaient pas notre camaraderie, et ils nous punissaient souvent quand ils nous soupçonnaient de devenir trop familières les unes avec les autres.

Je croise les bras.

— C'est le signe d'un esprit fort, Tarek.

Je peux l'appeler par son prénom ? Ou je suis supposée lui donner une sorte de titre ?

— Alors, *Zina*, viens par ici.

Il met l'accent sur le mien, ce qui me porte à croire que je devais utiliser un grade, mais oups, trop tard !

— Voyons comment tu arrives à comparer.

— Je compare bien.

Mon ton est coquin. Je suis certaine que c'est déplacé, mais je m'en moque. En cet instant, je veux seulement profiter de notre interaction et ne pas penser à l'avenir.

— Aux normes.

Il me lance un regard et me montre un fauteuil devant une console.

— Assois-toi et commence le programme. Tu vas faire une série de simples simulations uniquement pour tester les réflexes de ta vision fovéale et périphérique. Ensuite, on travaillera sur la réponse aux stimuli.

Tout ce que j'entends c'est « bla-bla-bla, *vois comme mon dos est musclé*, bla-bla ».

— Oui, acquiescé-je en me forçant à ne pas le toucher et glisser mes mains sur ses biceps avant de les serrer. Absolument.

Il grogne.

— Vas-y. Commence.

Je m'assois et fixe l'écran. Nous attendons tous les deux. Quelques secondes passent. Je me retourne pour le regarder avec un air interrogateur.

— Tu dois appuyer sur l'endroit où il est écrit « démarrer ».

Il se penche par-dessus mon épaule et je lance presque un petit cri perçant quand je sens la chaleur de son corps imposant s'avancer vers moi.

Mon cou me picote là où il s'est approché.

— Si tu n'es pas certaine, c'est la grande barre marquée avec le mot DÉMARRER. Celle qui est rouge, qui mesure environ dix centimètres sur dix millimètres. Juste devant toi. Elle clignote.

Il s'interrompt un instant.

— On m'a dit que tu savais coder, alors...

— Oh, celle-là ! Bien sûr. Avec mon doigt ?

Il produit un nouveau son.

— Sauf si tu préfères utiliser un autre appendice, oui, ton doigt est une option acceptable.

— Je n'ai jamais fait ça avant, expliqué-je en lui lançant un regard furtif.

Oh, il est si près ! Son visage frôle le mien. Je sens son souffle sur ma joue, il me chatouille. D'une agréable manière.

— Ah, vraiment ?

Son ton est sec. Waouh, il a une bonne maîtrise du sarcasme pour un non-humain !

Je prends une grande inspiration. J'appuie sur l'écran avec précaution.

— C'est fait.

Je souris.

— Regarde, ça commence. Tu vois ?

Il soupire.

— Oui.

— Euh, je sais que tu ne vois pas réellement. Mais tu le perçois avec tes capteurs, c'est ça ?

Je ressens certaines choses. Pour le moment, j'ai l'impression que ça va si je le taquine un peu sur son handicap.

Je ne suis peut-être pas une experte, mais par la Terre, vivre en tant qu'esclave m'a permis de développer mon intuition sur les motivations et les sentiments des êtres que je côtoie – ça m'a gardée en sécurité. Habituellement, je vois juste.

— Oui, ramène tes yeux sur le moniteur. La simulation a commencé.

— En effet.

Sur l'écran, des informations clignotent. On me demande d'appuyer sur certains boutons quand différentes lumières apparaissent.

Oups, j'en ai raté une ! Arf, une autre ! Encore une. Hum...

J'en réussis quelques-unes et je jette un coup d'œil à Tarek.

Ses lèvres sont pincées.

— Je m'en sors comment ?

Je me retourne sur ma chaise pour le regarder.

Il vérifie son communicateur.

— Alors selon les résultats, le programme veut savoir si tu es doté de sens, un enfant ou un petit animal, peut-être un oiseau apprivoisé qui actionnerait des touches au hasard.

— Je fais mieux que ça.

Je me renfrogne et reviens à l'écran.

— Est-ce qu'un oiseau *kantu* pourrait faire ça ? demandé-je.

Je lève la main avec un grand geste et appuie.

Puis je me concentre, j'essaie de m'habituer à l'étrange nouveauté de cet appareil. Au travail sur un ordinateur. Mon cœur s'emballe et mon ventre subit des impulsions à chaque battement. J'ai l'impression que je vais vomir.

Blague à part, je ne suis pas douée et j'en ai conscience. Pour quoi, mais pour quoi j'ai dit que c'était une passion ?

Derrière moi, Tarek émet un son et je m'en souviens. Voilà pour quoi. Je suis là parce que même si je sais que c'est une mauvaise idée et que ça ne fonctionnera pas, c'est excitant d'être auprès de Tarek. Sympa. Et franchement, je n'ai rien d'autre. Et le plus important, c'est que ça m'évite de penser à la douleur et aux incertitudes liées à ma séparation avec Enya.

* * *

Tarek

Par les étoiles ! Au cours de tous mes cycles solaires, je n'ai jamais vu un être aussi magnifiquement mauvais à ce test. Mais *bordix !* cette petite humaine est adorable, penchée en avant, les lèvres pincées et les yeux plissés par la concentration. Elle se donne complètement, je dois l'admettre.

Si j'en crois la carte de son corps établie à partir de mes capteurs, j'ai remarqué que la robe zandianne épouse ses courbes aux bons endroits. Je devine le renflement de ses seins, ronds et fermes, et j'imagine la sensation qu'auraient ses mamelons dans ma bouche. Sous ma langue.

Je grogne et me tourne sur le côté pour replacer discrètement mon sexe. Je dois arrêter de penser à elle de cette manière ; c'était une erreur sur le vaisseau et ça ne peut pas se reproduire. Tout d'abord, je ne veux pas lui donner de faux espoirs et je ne peux m'engager avec elle sur le long terme. Ce n'est vraiment pas une bonne idée de me torturer.

Je devrais lui dire qu'elle ne convient pas et la renvoyer. En en terminer.

Mais plutôt que de suivre mes propres conseils, je me penche en avant.

— C'est fini.

Ses cheveux sentent ce fruit qu'apprécient les humains, les fraises. Je le respire seulement une seconde.

— Je m'en suis sortie comment ?

Elle semble nerveuse, comme si ça lui importait vraiment.

— Alors ?

Je tente de cacher le score à l'écran qui indique : négatif : 50 % Évaluation : échec. Candidat rejeté. Recommandation : entraînement de la coordination de l'œil et un examen iatrique pour l'équilibre et le suivi des mouvements. Vérifier si le sujet a une tumeur cérébrale ou autre occlusion qui pourrait nuire aux témoins.

Trop tard – elle l'a vu. Son visage se décompose.

— Une tumeur cérébrale ?

— Oh, tu n'en as pas ! lui assuré-je. Tu as eu l'autorisation médicale.

Elle émet un petit bruit.

— Comment je peux avoir un refus ? Ce n'est pas facile.

Elle cligne des yeux trois fois et ils deviennent vitreux, parce que l'index de réfraction de ses cornées passe de 1,5 à 3,7.

— C'est parce que tu as fait le contraire de ce que voulait le programme.

Puis une pensée me traverse l'esprit. Elle n'est peut-être pas là pour l'entraînement. Il se peut qu'elle soit venue... pour tout autre chose.

Un truc qu'on a partagé sur le vaisseau.

— J'ai vraiment tout donné, insiste-t-elle.

Je m'éclaircis la gorge.

— Bon, c'était seulement ta première tentative. Si tu le

recommences à plusieurs reprises, tu vas certainement t'améliorer.

Pas assez, toutefois. Le capitaine Drayk devrait me licencier pour suggérer qu'elle a une chance d'obtenir le poste. Mais maintenant que je sais pour quoi elle est là, je ne veux pas qu'elle parte. Pas avant d'avoir satisfait ses désirs.

— Je vais travailler dur, promet-elle. Je l'ai toujours fait.

Selon mes capteurs, son regard semble rempli de passion. Je réponds à voix basse.

— Je te crois. Ça ne fait aucun doute. J'ai entendu parler de toi et de la façon dont tu t'es comportée sur la planète. Ce sont les actes d'un être dévoué.

Cette partie est vraie.

Elle jette un œil à l'écran.

— Ah ! Combien font les candidats qui passent ce test ?

— Ne te compare pas aux autres.

Je referme rapidement le programme quand le commandant arrive.

— Comment elle s'en est sortie ?

J'évite une réponse directe. Je me lève.

— On va vérifier sa coordination oculo-manuelle, maintenant. Pour les confronter avec les résultats du logiciel. Zina, viens dans la zone avec les matelas de sol. On va seulement faire quelques activités physiques.

Qui impliquent que tu sois sur le dos avec les jambes écartées.

— Elle a fait quatre-vingt-dix-sept ou plus ? demande mon capitaine en haussant un sourcil. Habituellement, tu ne gardes pas ceux qui ne parviennent pas à faire au moins 99,7 pour cent.

— Non.

Je m'éclaircis la gorge.

— Mais elle a du potentiel. Alors, je vais tenter quelques trucs.

— Tu vas tenter quelques trucs, répète-t-il en me regardant. Je vois.

— Les humains sont souvent excellents quand on leur donne une chance.

Ce n'est pas un mensonge.

— C'est vrai.

Il hoche la tête. Mais il a toujours cette expression, celle qui s'inscrit – si j'en crois mon expérience – entre l'incrédulité et la surprise.

— J'ai les deux meilleurs guerriers planifiés pour cet après-midi, ajouté-je, dont l'humain mâle Tal – le pilote du capitaine Lundric.

Je lui énumère seulement des faits pour le distraire de Zina.

— Ça ne va pas perturber ma charge, lui assuré-je.

Il hoche la tête.

— Bien, alors, continue. Je suis certain que tu sais ce qui est le mieux... pour ton programme d'apprentis.

Il regarde autour de lui.

— J'ai fini dans le dôme de vol. Je dois aller travailler sur les améliorations de barrières.

— Merci, capitaine. On se revoit bientôt.

Je remarque son sourire quand il s'éloigne.

Je reviens vers Zina.

Zina

Maintenant, il ne reste que nous deux : Tarek et moi.

Il s'empare d'une grosse balle.

— Place-toi à deux mètres de moi. Je vais te la lancer. Tu dois l'attraper.

Je lève les sourcils.

— C'est supposé être un test de coordination ? Ouf !

Elle est plus lourde que je m'y attendais, même si elle est rembourrée, je parviens à peine à la saisir au vol. Puis elle tombe.

— Évaluation des compétences et entraînement en même temps.

Il semble réprimer un sourire.

— Waouh ! D'accord, tu m'as surprise. Recommence.

Je récupère la balle.

— Renvoie-la-moi.

Sa voix est profonde et autoritaire. Quelque chose en moi fond. Je ne comprends pas pourquoi. Je déteste qu'on me dise quoi faire... que ce soit le maître ou d'autres Ocretians. Mais la domination de Tarek est totalement différente. Sexy. J'ai envie qu'il soit mon nouveau maître.

Je la jette vers lui.

— Oh, c'est lourd !

Elle tombe à quelques pas de moi.

Il avance au pas de course pour la récupérer.

— Je vais te montrer.

Il me la donne et il se positionne derrière moi, ses bras m'entourent, ses paumes couleur lavande recouvrent complètement mes mains plus petites.

— C'est comme ça, me murmure-t-il à l'oreille.

La lourde balle s'envole dans les airs alors qu'il fait tout le travail.

— Fléchis les coudes.

Franchement, je ne sais pas comment il fait pour rendre le mot coude si incroyablement érotique.

Mes mamelons deviennent tendus et sensibles sous ma robe zandianne – la chose la plus jolie que j'aie jamais portée. Je le suis, je positionne l'accessoire derrière ma tête.

— Maintenant, lance-la.

Elle s'envole dans les airs sans aide de ma part.

— Tu vois ?

Mon rire me semble étrange même à mes propres oreilles – il est comme... rauque.

— C'est toi qui as fait ça.

— Essaie, tente-t-il de me convaincre.

Je pars au pas de course pour la récupérer. Pourquoi doit-elle être si lourde ? Le simple fait de la soulever pour la mettre derrière ma tête comme il me l'a montré me déstabilise, je tangue et titube.

Les lèvres de Tarek esquissent un sourire.

Je lance la balle. Elle s'envole dans les airs – sur la longueur d'une de mes jambes. Puis elle tombe et roule.

— Ouf !

Je me penche en avant et pose les mains sur mes genoux. Ma vieille blessure commence à m'élancer. Je la frotte en espérant qu'il ne le remarquera pas.

Il intervient immédiatement.

— Tu as mal ? Assois-toi.

— Non, ce n'est rien.

Quand il lève un sourcil, je me corrige.

— Rien d'inhabituel. C'est toujours le cas quand je fais une activité physique. Mais elle est douloureuse quoi qu'il en soit, et au moins, ça me rend plus forte, alors... je tâche de l'ignorer.

Je frotte les muscles tordus et me pose sur le sol.

Il vient s'installer près de moi, sans me toucher, mais assez pour que j'aie envie qu'il le soit plus.

— Comment tu t'es blessée ?

Il effleure mon genou et j'essaie de ne pas haleter à son contact.

— Je ne veux pas en parler.

Je déglutis péniblement.

— Je souhaite seulement apprendre à te connaître.

Je ressens de la panique, même si c'était mon objectif de départ. Je suis incapable de raconter ce qui est arrivé à ma jambe pour le moment.

— Tu aimerais me parler de ça ? rétorqué-je en touchant son front près de son œil gauche.

Il tressaille.

— Non.

Sa voix est froide. Il se détourne.

— Excuse-moi.

— Non. C'est ma... C'est moi. Je suis vraiment désolée.

Je tends une main vers lui, je déteste voir son expression changer.

— Tarek, ce n'est pas facile pour moi.

Il inspire.

— Je comprends.

On reste silencieux une seconde. Le dôme est calme, le seul son autour de nous est une sorte de crissement métallique au loin, peut-être une scie. La lumière provenant du plafond vitré est douce et uniforme.

Je n'arrive pas à croire qu'il soit aveugle. Ses yeux sont si chaleureux, si intuitifs ! À moins que ce soit mon imagination ?

— Ça me tue qu'ils ne m'autorisent pas à voir Enya. J'en ai besoin, Tarek. J'ai vécu avec elle pendant si longtemps ! Ils ne comprennent pas que je dois traverser ça avec elle ?

Je ne parviens pas à exprimer mes sentiments.

— Pourquoi ils ne me laissent pas faire ?

Tarek se frotte le front.

— Je sais, ma belle. Mais ils croient agir pour le mieux.

— J'ai l'impression d'être un déchet, avoué-je, des larmes coulant sur mes joues. Comme si je n'avais aucune utilité. J'y étais habituée sur Ocretia, mais sur Zandia, je pensais – j'espérais...

Je renifle.

— ... que ce serait différent. Que j'aurais de la valeur. Mais je suis seulement mise de côté, lâché-je.

— Ce n'est pas ça du tout.

Il me prend la main. Son ton est sincère.

— Les Zandians n'ont pas complètement conscience des émotions humaines. Ils font aussi de leur mieux. Et pense à sa mère. Elle a vécu plusieurs cycles solaires sans son enfant. Tu peux sûrement lui donner cette chance.

Je ne peux répondre. C'est trop à gérer pour l'instant.

— Et toi, répliqué-je en me tournant vers lui d'un air accusateur. Tu ne m'en as jamais parlé sur le vaisseau. Tu es aussi complice de tout ça. Tu me prends pour un outil, un moyen de parvenir à tes fins. Je veux être plus que ça.

Maintenant, je sanglote réellement. Il semble peiné.

— Je suis désolé, Zina. On m'a ordonné de ne pas te faire connaître son statut. Je ne pouvais pas trahir mon commandant. J'avais envie de te le dire. Je... m'inquiétais. C'est toujours le cas.

— Vraiment ?

Étonnée, je lève les yeux vers lui. Il me serre une main avant de la relâcher.

— Oui. Je ne voulais pas que tu sois prise au dépourvu. Mais ce n'était pas de mon ressort.

Il soulève une épaule et m'attire plus près de lui.

— Donne-toi du temps. Bien sûr que tu la reverras. C'est provisoire, seulement le temps de sa période d'adaptation.

Je hoche la tête. Je renifle.

— Oui. Elle me manque, c'est tout. Je lui ai promis que nous serons toujours ensemble. Je veux simplement être avec elle en personne.

— Je comprends, ma petite. Je vais me renseigner. Savoir ce qui est possible.

— Vraiment ?

Ma voix est chevrotante. Mais il y a quelque chose derrière tout ça, j'en suis consciente. Au-delà des mots, il y a quelque chose entre nous, quelque chose qui grandit chaque seconde.

Il glisse une main dans ma courte tignasse.

Je me fige. Mes yeux s'attardent sur lui, mon corps tremble, tout excité.

— Ils te coupaient les cheveux ? Les maîtres esclavagistes ?

— Non, c'est moi qui le faisais, avoué-je. Pour ne pas avoir une apparence trop féminine. Pour détourner l'attention des mâles.

De l'inquiétude passe sur les traits de Tarek. Puis il serre la mâchoire.

— Tu as réussi ?

Il semble tendu.

Je déglutis.

— Pas toujours. Mais je suis parvenue à garder Enya en sécurité. C'est tout ce qui compte.

Les gros poings de Tarek se serrent. Ses narines se dilatent.

— Aucune femelle ne devrait être prise contre sa volonté.

— Non, acquiescé-je d'une voix calme.

Il se contracte d'un coup.

— Tu n'as pas eu l'impression… est-ce que je… *bordix*, Zina !

Je l'interromps :

— Non. J'ai aimé la manière dont tu m'as touchée.

Les yeux de Tarek revêtent une riche teinte violette, ses cornes semblent pulser, par les étoiles ! Puis, comme si la chaîne qui le maintenait venait de se rompre, il plonge sur moi, pose une main derrière ma tête et prend possession de ma bouche.

Mon corps palpite immédiatement au même rythme que le sien. Mes lèvres s'entrouvrent pour permettre à sa langue de se glisser entre. Il m'installe sur le dos et me recouvre.

Je prends une vive inspiration, je me remplis les narines de son parfum – viril et riche. Il me mordille le cou, suçote un bout de mon épaule. Pendant tout ce temps, les palpitations entre mes jambes s'intensifient. J'arque mes hanches vers lui, je remonte le long de ses bras musclés. Il soulève ma robe pour exposer mes mamelons et faire tournoyer sa langue sur l'un d'eux.

J'émets un son montrant mon désir, ma faim. Il pince le second en même temps. Je frotte mon bassin contre lui. Il glisse une main entre mes cuisses.

— Tu as envie que je vienne là ? me demande-t-il d'une voix rauque et dure.

Si incroyablement profonde.

— Oui, haleté-je. S'il te plaît, maître.

* * *

Tarek

J'ignore pourquoi elle m'appelle comme ça – je n'ai pas accepté d'être son maître, mais le mot semble tellement couler de source ! Mon sexe bondit, douloureusement gonflé, et ma peau se réchauffe. Je n'ai pas besoin des données de mes capteurs pour sentir sa chaleur.

J'ai toujours eu l'impression d'être diminué par ma cécité. De devoir rester constamment sur la défensive, à l'affût des agressions, réelles ou sociales. Mais pour l'instant, je *suis* le maître.

Son corps répond à chacun de mes contacts. Elle est tellement disposée, si ouverte ! Elle remue sous moi, tout en lançant des gémissements de plaisir, et je peine à ne pas la prendre si fort qu'elle s'enfoncerait de quatre mètres dans le sol. Je libère mon érection, saisis sa main et referme ses doigts minuscules sur sa base.

— Tu sens ce que tu me fais, petite humaine ? lui demandé-je.

— Tarek ! murmure-t-elle.

Je pourrais l'entendre prononcer mon nom chaque instant au cours de toutes les rotations planétaires jusqu'à ma mort sans m'en lasser. Surtout comme elle vient de le faire, à bout de souffle et avec de la surprise.

— Oui, ma belle. J'ai tellement d'envie de me glisser en toi ! Vas-tu ouvrir les cuisses pour me laisser entrer ?

Elle inspire d'un coup et mes capteurs la voient écarter les genoux.

— C'est bien, chuchoté-je.

Je lui retire sa culotte et la récompense d'un long coup de langue.

Elle frissonne, ses muscles se resserrent autour de mes oreilles.

— Tu aimes ?

— Oui, maître.

Oh, *bordix* !

— C'est ça, douce femelle. Je le suis en cet instant.

Par les étoiles, je ne devrais pas faire ce genre de déclaration ! Je ne peux l'être, mais pour l'instant, je m'en moque au plus haut point. Tout ce qui compte, c'est que je domine son corps. Je suis le maître de ce moment. De son plaisir, de ce qui est sur le point de se passer entre nous.

— Oui, soupire-t-elle.

Elle s'empare de mes cornes – j'ignore comment elle a su, mais c'est désormais à mon tour de remplir la pièce de mes gémissements –, elles s'allongent sous ses doigts.

— Oh ! Tu... tu aimes, Tarek ?

Sa surprise me durcit encore plus.

Par les étoiles !

— Bordix, petite humaine ! Serre-les fort.

Elle le fait et les premières gouttes s'écoulent de mon sexe palpitant. Je la lèche, montrant que j'apprécie par chaque coup de langue et l'insertion d'un de mes doigts trapus.

— Tarek, Tarek, s'il te plaît ! gémit-elle.

Les va-et-vient s'accélèrent alors que je suçote la minuscule partie de son anatomie qui fait perdre la tête aux femmes de son espèce.

— Je te veux en moi ! hurle-t-elle d'une voix rauque.

Je ne peux être assez rapide. Je remonte et l'empale de mon érection à la vitesse de l'éclair. J'étouffe son cri d'un féroce baiser.

Elle est serrée – si serrée – alors, je marque une pause pour qu'elle s'habitue à ma taille.

— Ça va, petite humaine ?

Elle répond en me saisissant à nouveau les cornes, les empoignant l'une après l'autre. Je ne peux m'en empêcher, je lui donne des coups de reins comme une bête en rut. Chacun d'entre eux me fait frissonner et m'enflamme. Elle est si fluette et flexible, si passionnée, j'en deviens un animal

117

sauvage. Je cale mes bras sur le sol de chaque côté de sa tête et reprends les va-et-vient avec assez de vigueur. Elle rebondit sur le matelas.

— Qui est ton maître, maintenant, petite humaine ?

— Toi, crie-t-elle. Tarek ! Oh, s'il te plaît !

J'aimerais avoir plus de finesse. Je veux que ma bouche joue sur ses seins, ou trouver une façon de lui procurer le maximum de plaisir, mais je suis perdu. Dans son parfum, l'ouverture de ses douces formes, les sons incroyables qu'elle émet sous moi.

Mes bourses se contractent. De la chaleur monte en flèche au niveau de mon coccyx. Je ne pourrai pas tenir plus longtemps. Je jouis en rugissant, déversant mon sperme en elle tout en continuant à aller et venir.

Elle m'enveloppe de ses jambes et calme mon mouvement en me tirant profondément en elle alors qu'elle atteint son propre orgasme, ses muscles se serrent et se détendent autour de mon sexe. Je reste en elle, ma verge tressaille pendant que nos souffles entremêlés ralentissent. Puis je m'effondre sur le côté et la libère.

Je retire ma tunique et m'en sers pour essuyer ma semence sur ses cuisses.

Elle lance un cri de surprise.

— Il a les couleurs de l'arc-en-ciel !

J'ignore ce que ça signifie. Logiquement, je le sais, mais je n'en ai jamais vu.

— Tu aimes ? lui demandé-je doucement.

Elle glisse un doigt dans sa fente et la relève.

— C'est magnifique ! murmure-t-elle.

Je ricane et m'installe à côté d'elle.

— Tu es magnifique.

— Non, réplique-t-elle. Je suis assez ordinaire, en fait.

Je lui prends le menton et tourne sa tête vers la mienne.

— Tu es magnifique, répété-je fermement. Je ne te vois peut-être pas, mais je le sais. Et un Zandian ne ment jamais.

Mes capteurs montrent la commissure de ses lèvres qui se relèvent en un sourire. Je suis abasourdi par la joie qui s'y associe dans ma poitrine.

C'est étrange comme ces humaines peuvent affecter l'état normal d'un Zandian.

* * *

Zina

Nous restons allongés ensemble sur les tapis d'entraînement, la lumière tamisée se diffusant sur nous. Cette fois, les rayons sont délicats et doux, jouant sur nos peaux, et je ne ressens que du contentement. Pas seulement après l'orgasme phénoménal, mais aussi grâce à mon sentiment de sécurité quand je me trouve dans ses bras, c'est la sensation la plus extraordinaire que j'aie éprouvée.

J'apprécie tellement d'être – pour une fois – celle qui est protégée, plutôt que celle qui offre cette protection. Faire passer Enya en premier ne m'a jamais dérangée, parce que je l'aime. Mais c'est un sentiment nouveau de me délester de mon fardeau une seconde et de laisser quelqu'un d'autre surveiller mes arrières. C'est si bon !

Une larme coule sur ma joue.

— Mais, c'est quoi, ça ?

Il me touche. Il est si intuitif, aveugle ou pas !

Je pose ma main sur la sienne, je sens ses doigts forts sur mon visage.

— Rien. Je suis heureuse.

— Tout comme moi.

Il parle vite, puis son expression s'assombrit et il se détourne. Il ne me laisse pas, mais j'ai l'impression qu'il s'éloigne en esprit. Je sais que je dois le garder avec moi, dans ce moment. C'est ce que je désire et ce dont j'ai besoin. Je pense que c'est réciproque.

Je prends une grande inspiration et fais ressortir mes émotions.

— Ma jambe.

Je parle rapidement, je tente de le ramener dans la bulle où il n'y a que nous deux. Je ne suis pas réellement prête l'évoquer, mais je veux tout faire pour récupérer son attention.

Il revient vers moi.

— Je suis née dans une maison d'esclaves. Quand j'étais petite, un médecin de la planète essayait d'améliorer la force des Ocretians et leur musculature. Et il cherchait à savoir s'il pouvait rendre les humains plus forts pour effectuer leurs tâches. Il a décidé de faire des expériences sur quelques jeunes. Le maître m'a donnée en échange d'une compensation financière.

Je serre les poings et ferme les yeux bien fort.

— Il a fait des opérations sur nous. Il nous a pris des nerfs et des tissus musculaires pour voir s'ils pouvaient être utilisés pour renforcer les Ocretians. Il nous a cassé des os pour observer comment ils se réparaient dans différentes conditions. Les miens ont été testés dans les circonstances les moins heureuses, dis-je d'un ton sombre et amer.

— Oh, *bordix,* par les étoiles ! jure-t-il. Zina, si je le pouvais, je partirais tous les massacrer.

Sa voix est si pleine de passion qu'elle me permet de continuer.

Je hoche la tête. Je ne pleure pas. Cette douleur est trop profonde pour les larmes. Je poursuis comme si j'étais un robot, racontant une histoire appartenant à quelqu'un d'autre.

— Au bout d'un moment, les Ocretians ont décidé que c'était trop cruel, même pour eux, ce qui en dit beaucoup.

Je ris sans joie.

— Il a été exilé, je ne sais pas où, et son programme a été démantelé. Mais on ne peut revenir en arrière pour ce que j'ai subi, ajouté-je en me touchant la jambe, puis le ventre. Étant donné les dégâts causés, le maître a demandé ma stérilisation par implants. Il a affirmé que je n'étais pas digne de servir à la reproduction, alors il m'a mise à l'abri de grossesses accidentelles. Ça coûte cher, tu vois. Et j'ai ces implants depuis si longtemps que leur effet pourrait bien être permanent. Je sais que je ne suis pas à la hauteur pour grand-chose, mais je fais quand même de mon mieux.

Tarek reste silencieux et quand je le regarde, son visage est tordu par la compassion et la colère. Il ouvre la bouche comme s'il voulait me contredire, mais la referme. Au bout de quelques secondes, il me touche la tête une fois.

— Tu as eu une vie si difficile !

On ne parle pas pendant un moment.

— Je vais bien, par contre. Je m'entraîne et travaille dur malgré ma blessure. J'emploie ce terme parce que c'est plus facile.

Je prends une inspiration.

— Et Enya m'a donné un but. J'ai tenu pour elle – pour rendre nos existences plus supportables.

Il me serre la main.

— Quand j'étais petit...

Il marque une si longue pause que je pense qu'il va s'arrêter là, mais il finit par poursuivre.

— Mon père n'était pas affectueux. Les Zandians ne le

sont pas de nature, mais il était froid, même pour notre espèce.

— Oh ?

Je sens qu'il va me raconter sa propre histoire d'horreurs. Et même si j'ai peur de ce que je vais entendre, mon cœur se réchauffe, sachant qu'il partage quelque chose de personnel avec moi. Un honneur, selon Abbi, les Zandiens sont habituellement stoïques et ne s'ouvrent pas facilement aux êtres arrivés depuis peu. Quand ils le font.

— Je suis né aveugle, et il me le reprochait, expose-t-il d'une voix basse et pincée.

— Je ne suis pas une experte, mais même moi, je comprends qu'on ne peut pas blâmer un nouveau-né pour ses tares.

Je serre sa main plus fort. Elle est si grande, la mienne semble encore plus minuscule. Mais pour le moment, j'ai le sentiment de lui donner de la force pendant qu'il parle.

— J'étais un fœtus plus petit que la moyenne et il m'a manqué une enzyme essentielle dans le ventre de ma mère. Son corps a essayé de compenser pour subvenir à mes besoins et il a réussi, sauf pour les yeux.

Il se touche le front.

— Mais... c'était trop pour elle. Elle est morte en couches.

— Mais ce n'était pas ta faute. Tu le sais, non ?

Horrifiée, je lui caresse le visage.

Il se détourne.

— Mon père a déclaré que j'ai été un parasite trop gourmand qui a aspiré toute la vie qu'elle avait. Il ne me l'a jamais pardonné.

— Les médecins ne pouvaient pas intervenir pendant sa grossesse ? Avec des suppléments... ou quelque chose d'autre ?

Je ne sais pas trop quoi demander.

— La médecine et la technologie n'étaient pas disponibles pour ma famille. Elle est morte.

Il déglutit péniblement.

— Quand j'ai grandi, il n'a pas hésité à me dire ce qu'il ressentait. Il est décédé pendant l'invasion des Finnians, quand j'avais huit cycles solaires. Et franchement, je me suis senti soulagé.

— Je suis désolée.

Je ne sais pas quoi dire. Son histoire est aussi affreuse que la mienne. Je crois qu'elle est même pire, d'une certaine manière, parce qu'il a été blessé par quelqu'un qui était supposé l'aimer et qui s'est détourné de lui. Au moins, je n'ai jamais rien attendu des Ocretians.

— Je me suis promis que je ne ferais jamais ça à un autre enfant, avoue-t-il d'un ton féroce. Il est possible que je transmette ma situation et je ne ferais jamais ça à un bébé ou à sa mère. Aucun jeune ne devrait grandir en pensant qu'il est un maillon faible qui détruit la beauté de la vie.

Je lui prends la main.

— Mais tu es fort. Le meilleur navigateur que Zandia ait vu. Tu le sais. Tu es une bénédiction pour la planète. Ton handicap s'est transformé en une qualité merveilleuse. Et tu es imposant. Pour un petit bébé, tu es devenu l'un des plus impressionnants Zandians. Avec des muscles sur des muscles.

Il secoue la tête.

— As-tu conscience du nombre d'heures et de la quantité d'énergie que le docteur Daneth a investis pour essayer de me soigner ? gronde-t-il. Et c'est seulement parce que les Zandians sont en voie d'extinction. Sinon, jamais le médecin royal n'aurait gaspillé son temps avec moi. Et j'ai passé des heures à m'entraîner. Zandia est douée pour tirer le meilleur d'une mauvaise situation, mais je n'imposerai jamais un jeune entaché à notre peuple.

Je suis prise de vertige.

— Tu es trop dur avec toi-même. Premièrement, tu as tort. Je suis arrivée il y a peu, mais je vois bien à quel point tu es essentiel pour cette planète. Et ensuite…, continué-je, inspirant profondément, venant d'un être qui désire des enfants plus que tout au monde, c'est difficile de voir la façon dont tu les écartes avec légèreté.

Il se lève.

— Il n'y a rien de léger à propos de ma décision, Zina, rétorque-t-il en occultant le reste de ma réponse. Tu n'as pas écouté ce que je t'ai dit ?

Son expression est tordue et mécontente.

Je me redresse aussi d'un bond. Je rajuste ma robe, trempée de sueur et imprégnée d'une odeur de sexe.

— J'ai entendu chaque mot et j'ai mal pour toi. Mais à un moment, tu dois grandir et faire des choix différents. Tu n'es pas ton père.

— Tu es plus que ton ventre et ta jambe, réplique-t-il. Arrête d'utiliser ça comme une excuse pour t'empêcher de vivre.

Une immense fureur s'empare de moi.

— *Pardon* ? Comment oses-tu dire ça ?

Je pose mes mains sur mes hanches et le fusille du regard.

— Explique-moi en quoi aider Enya à s'échapper et faire de mon mieux pour m'intégrer est une réaction d'évitement ! Ou essayer de devenir navigatrice. Je pense que tu te projettes, Tarek. C'est toi qui utilises ta cécité pour repousser tes chances d'être heureux. Et d'avoir une famille.

Il récupère son pantalon et l'enfile rapidement, recouvrant ses magnifiques fesses.

— Tu as tort.

— Oh, arrête ! Tarek...

Je ris malgré ma colère et ma tristesse. Je secoue la tête.

— C'est ridicule. Comment en sommes-nous arrivés là en trente secondes ? demandé-je des larmes me montant aux yeux. Je ne comprends pas.

Tout son corps s'affaisse et il bat des paupières.

— Ah, Zina, je suis désolé !

Sa voix est basse et pleine de lassitude.

— Je suis brisé à l'intérieur, d'accord ? Je n'ai rien à t'offrir.

Il montre la pièce d'un mouvement du bras.

— Tu veux t'entraîner, bien. Je vais te former. Viens dans trois rotations planétaires à la même heure. Mais on ne peut pas recommencer. Et pardonne-moi pour mon commentaire sur ta jambe. J'ai été un connard. J'ignore pourquoi j'ai dit ça.

Ses dernières paroles sont tendues.

* * *

Tarek

— Alors, comment ça s'est passé avec l'humaine ? Tu as eu du temps seul avec elle ?

Mon capitaine s'approche de mon écran. Il met les mains derrière son dos.

— Elle a montré des signes prometteurs.

Je songe au bruit qu'elle faisait pendant l'orgasme. Mon sexe durcit à ce souvenir et je me repositionne.

Je m'éclaircis la gorge.

— Je pense qu'il est important qu'on travaille sur le

nouveau bras auxiliaire du plus récent satellite. Tu sais si le dôme technologique a récupéré le cahier des charges ?

— La semaine prochaine, il devrait être opérationnel pour commencer les tests. Alors, tu envisages sérieusement de prendre Zina dans ton programme ?

— On verra. Pour le moment, je dois mettre ces protocoles à jour.

— Super ! Tu me rappelles son résultat ?

Il se balance sur ses talons. J'ignore pourquoi il sourit. Les protocoles DX ne sont pas une plaisanterie. Ma formation non plus.

— Ils... peuvent être améliorés.

— D'accord.

Il me donne une claque sur l'épaule.

— Écoute, si tu veux être son maître, lie-toi à elle. L'erreur serait de la laisser croire qu'elle a un avenir avec toi, si tu es sûr qu'il n'y en a pas, remarque-t-il. Je te rappelle uniquement que les humaines s'attachent facilement à un formateur ou à un compagnon. Si tu n'as pas l'intention d'endosser ce rôle, tu pourrais la blesser.

— Et comment es-tu devenu un tel expert ? Il y a une semaine, tu as dit que tu avais des connaissances sur une seule humaine. La tienne, répliqué-je.

— La mienne est aussi capricieuse et émotive que les autres, mentionne-t-il avec douceur. J'ai appris à escompter l'inattendu, avec elle. Elle est... compliquée, ma féroce et tendre compagne.

Il secoue la tête, mais je perçois son bonheur dans sa voix.

— Tu aimerais peut-être en avoir une pour toi.

— Tu sais bien que ce n'est pas le cas. Je ne veux pas en parler.

J'éteins l'écran.

— On a le droit de changer d'avis.

— Et on a aussi celui de ne jamais le faire.

Je m'empare de mon sac.

— S'il te plaît, respecte ça. Je dois aller vérifier... quelque chose.

Il hoche la tête.

— Garde seulement à l'esprit que si tu n'envisages pas d'avenir avec elle et qu'elle ne convient pas au programme de navigation, tu dois à Zina et à Zandia de le lui dire le plus tôt possible.

— Je comprends.

Bordix ! Elle est loin d'être assez douée pour l'intégrer et il est évident que je perds mon temps et le sien – tout comme celui de Zandia. Mais il est tout aussi vrai que tant que je la forme, elle reste sous ma juridiction. Et l'idée qu'un autre Zandian puisse prendre les mêmes libertés que moi avec elle me met tellement en colère que je pourrais réduire en miettes une navette à mains nues ou assourdir toute une flotte avec mon rugissement. Personne ne touchera Zina de cette manière.

Mon capitaine a raison. Je vais la libérer. Bientôt. Quand le moment sera venu. Traîner avec Zina et lui faire l'amour est agréable. C'est un plaisir fugace, l'un de ces moments éphémères qu'un être doit saisir avant qu'il ne disparaisse à jamais. Je ne suis pas le genre de Zandian à avoir une chance de me trouver une compagne et de profiter d'une vie de famille.

Je ne veux pas la blesser, mais elle me procure quelque chose que je n'ai pas eu depuis longtemps... Et que je n'aurai certainement plus à l'avenir.

Est-ce vraiment mal de vivre cette expérience pour ce qu'elle est et d'envoyer paître l'avenir ?

Chapitre Huit

Zina

— J'aurais préféré ne jamais le rencontrer.

— Qui ?

Abbi me donne un quartier de mandarine dans une crème sucrée.

— Tarek.

Je soupire.

— Qu'est-ce qui s'est passé ? demande ma compagne en prenant une bouchée de son fruit. Mirelle, Cambry, ici !

Elle agite la main en direction d'humaines, une grande blonde et une rousse, toutes les deux en tenue de camouflage de pilote.

— Venez vous joindre à nous.

Elle se tourne vers moi.

— Garde ça en tête une seconde, d'accord ? Je veux tout savoir.

La zone du café est pleine de Terriens, beaucoup sont accompagnés par des métis. J'ai le souffle coupé quand un bambin particulièrement mignon avec ses minuscules cornes et son doux sourire s'approche de moi et me donne une feuille d'un arbre *barri* à proximité.

— Merci, lui dis-je, émerveillée par ses adorables petites mains.

Sa mère, une grande brune avec un sac à l'épaule, arrive en courant.

— C'est Braxton, dit-elle en souriant. Le fils de mes compagnons Andre et Laun. Moi, c'est Kara, toi, c'est Zina ?

— Tout le monde sait qui je suis ?

J'examine les alentours.

— Tout le monde sait tout, proclame-t-elle en effectuant un large mouvement avant d'éclater de rire. Zandia est petit. Les nouvelles se propagent. Bienvenue. C'est bon de t'avoir parmi nous. Une nouvelle humaine. Je suis tellement heureuse que tu sois ici !

Elle rive son regard sur moi et sous son sourire et l'amour pour son fils, sous ce sac chic et son appropriation nonchalante de cette planète, je vois un être fatigué et au passé difficile. Elle a des rides aux coins des yeux et je remarque quelque chose dans sa posture, une méfiance que je ressens dans mes tripes. Il n'est pas facile de se défaire de certains aspects de l'asservissement quand on les a connus toute sa vie.

— Merci.

Les mots ne suffisent pas toutefois, alors je me tourne vers son enfant.

— Il est si adorable !

Mon cœur est tiraillé par le désir d'obtenir ce qu'elle a. Elle sourit. Me touche la main.

— Tu pourras avoir le tien. Zandia est pleine d'opportunités.

Son expression est sincère.

— On verra. J'ai un rendez-vous avec un médecin dans quelques rotations planétaire, il va contrôler mes implants et vérifier si on peut revenir sur la stérilité.

Ce n'est pas un sujet que je souhaite aborder ici et maintenant.

Son regard s'aventure sur ma jambe, mais elle ne pose pas de questions.

— Si je peux faire quelque chose, tu n'as qu'à demander.

J'ai l'impression qu'elle le pense réellement.

Après son départ, j'ai envie de parler à Abbi de Tarek, mais Mirelle et Cambry nous rejoignent. Au départ, je suis déçue, mais les deux femmes s'avèrent sympathiques et pleines de vie. Je les aime bien jusqu'à ce que Mirelle dise :

— Alors, tu es intéressée par la navigation ? Si ça devient ta carrière, j'adorerais t'avoir sur mon vaisseau. On est des pilotes de combats.

Elle pointe Cambry et elle. Mes yeux s'écarquillent.

— Oh, vraiment ?

Je me sens soudain inférieure et me fais l'effet d'être une impostrice.

— C'est merveilleux !

Je l'examine à nouveau et je remarque des choses que je n'ai pas vues la première fois : elle a une musculature d'une fermeté phénoménale, elle est mince, mais bâtie comme une déesse guerrière. Son regard semble toujours alerte et elle scrute constamment les environs, qu'elle parle ou pas. Sa posture paraît systématiquement inclinée en avant avec le vent, comme si elle était prête à sauter sur quelque chose.

— Oui !

Elle est enthousiaste, débordante d'énergie.

Cambry, la rouquine, devient un peu plus froide.

— Mon frère, Tal, est candidat pour la formation de navigateur. Il espère que Tarek va le choisir.

Maintenant, je me sens horriblement mal. Le Zandian m'accorde de l'attention alors que des postulants possèdent effectivement les qualifications pour mériter du temps avec lui.

— Waouh ! Tu as un frère ici ? murmuré-je. Je n'ai pas vu d'humains mâles dans les environs.

— Oh, il y en a quelques-uns ! Avant qu'on reprenne Zandia, le capitaine Rok a détourné tout un vaisseau de la mort ocretian pour sauver Lily, la sœur de la reine. Tous les passagers – principalement des humains, mais certains appartenaient à d'autres espèces – ont en quelque sorte été sollicités pour rejoindre l'armée zandianne. C'est comme ça que Tal et moi avons appris à voler.

— Elle a eu une session d'entraînement avec Tarek, intervient Abbi, la bouche pleine d'oranges.

Je m'enfonce plus profondément dans mon siège.

— Tout s'est bien passé, non, Zina ?

Mirelle s'assoit.

— Oh, il te forme, waouh ! Il prend seulement la crème de la crème. Toutes mes félicitations.

Cambry se penche en avant.

— Tu as fait combien au test initial ?

Je n'ai soudain plus faim. Je pose ma fourchette.

— Euh... je ne suis pas certaine du résultat !

Il n'y a pas d'erreur possible. Le négatif à cinquante reste vif dans ma mémoire, telle une enclume.

— Alors, Tarek a été un connard ? demande Abbi en prenant une nouvelle bouchée de son plat. Pourquoi tu aurais préféré ne jamais l'avoir rencontré ?

Je fronce les sourcils et essaie de murmurer « pas maintenant », mais elle ne semble pas comprendre le message.

— Je ne dirais pas ça, réfléchit Mirelle à voix haute. Il est effectivement dur et bourru. Mais juste. C'est un navigateur épatant.

Elles me regardent toutes les trois.

— Il est loin d'être un connard. Je ne voulais rien dire de mal de lui. Il y a eu quelques... euh... tensions entre nous. C'est tout.

J'ai envie de leur faire confiance, mais j'ai peur qu'elles me jugent.

— Des tensions, hein ? s'enquit Abbi, se penchant en avant. Pourquoi tu es aussi rouge ?

Mirelle siffle.

— Oh, Zina ! Tarek et toi... vous avez fait quelque chose ?

Elle agite les mains d'une façon spécifique qui me gêne encore plus.

— Par l'étoile de Zandia, jamais je n'aurais cru que Tarek pourrait s'intéresser à une femelle !

— Non ! m'écrié-je.

Je regarde aux alentours et je parle plus doucement.

— Pourquoi tu penses ça ? Je serais un être affreux si j'avais fait... ça... tout de suite avec un Zandian. Sans être sa compagne. Pas vrai ?

Je suis horrifiée devant mon ton plaintif, comme si j'avais besoin d'une sorte de confirmation. Et il est évident que j'ai fait plus que « quelque chose » avec le beau et puissant navigateur.

— Pas du tout, me rassure Mirelle avec une petite tape de la main en souriant. Ce sont les Zandians. Ils sont si séduisants ! Mes deux compagnons sont insatiables. Bien sûr, moi, c'est pareil. C'est peut-être pour ça qu'on s'entend si bien.

Elle rit et Abbi sourit.

— Si tu es attirée par les Zandians, c'est une bonne chose.

Les mots sortent tous seuls.

— On a fait l'amour, et c'était génial, mais ensuite, c'était comme s'il ne pouvait pas s'éloigner assez vite. Apparemment, il pense qu'il ne devrait jamais se mettre en couple et avoir des enfants à cause de son handicap.

J'entends la douleur et la blessure dans ma voix.

Le sourire d'Abbi s'efface.

— Oooh ! s'exclame Mirelle. C'est si dur ! En effet, Tarek a dit plus d'une fois qu'il sera célibataire toute sa vie. Il pourrait ne pas avoir l'accord pour avoir une compagne – tout doit passer par le roi sur Zandia. Alors… il vaut probablement mieux que tu ne t'attaches pas trop.

— D'accord.

J'acquiesce, j'essaie d'endiguer l'horreur qui s'engouffre en moi. Tarek pourrait ne pas être *autorisé* à prendre une compagne. Je n'y avais pas pensé.

— C'est seulement… qu'on a un lien, vous comprenez ?

Je les regarde, comme si je pouvais les convaincre avec mes yeux, pas uniquement elles, mais tout Zandia et peut-être même Tarek (au loin) que c'est irréfutable.

— C'est peut-être juste tes hormones qui se réveillent, suggère Mirelle. Qui te remettent en selle. Écoute, de nombreux mâles ici sont désireux de trouver une compagne.

Je lève une main.

— Pas si vite. Je ne peux pas, pour l'instant.

Je repousse mon assiette. Je me sens réellement nauséeuse, maintenant.

— Je suis stérile. J'ignore si c'est réversible. Alors, je ne suis pas disponible non plus.

Cambry paraît particulièrement intéressée.

— Stérile, hmm ? Si c'est le cas, tu pourrais convenir pour un humain.

— Comme ton frère ?

Mirelle donne un coup d'épaule à l'autre guerrière.

Cambry hausse les siennes.

— J'aimerais qu'il puisse s'installer avec quelqu'un. Ça me semble injuste que toutes celles d'entre nous en état de se reproduire soient réservées aux Zandians.

— Nous ne sommes tout simplement pas assez nombreuses, dit Mirelle. Mais si on apprend dans la galaxie que Zandia est un refuge pour les humains, cette planète va peut-être regorger de notre espèce.

— Je crois que c'est ce que le roi Zandia essaie d'éviter, mentionne Cambry. Ça et le début d'une guerre avec les Ocretians, qui pensent tous nous posséder puisqu'ils ont moissonné la Terre.

Abbi me donne une accolade sur le côté.

— La stérilité de Zina n'est peut-être pas irrémédiable. Elle va voir un médecin. Il pourra peut-être changer la donne. Et vous savez... des choses plus étranges se sont produites. En vivant ici, avec moins de stress, les corps trouvent un moyen de guérir. C'est arrivé à d'autres, alors ça reste une possibilité.

Elle sourit. Je m'accroche à ses paroles.

— Ce serait génial. Mon rêve se réaliserait si j'avais un bébé à moi.

Et je suis peut-être folle, mais Tarek est le seul mâle avec qui je m'imagine avoir un jeune.

Même s'il souffle le chaud et le froid.

* * *

Zina

Je reviens à pied d'une visite chez Kara et son fils quand je le vois. Tout mon corps s'électrise. Ma respiration s'accélère.

— Tarek. Bonsoir.

— Zina.

Pendant une fraction de seconde, son visage s'illumine, puis il reprend son expression impassible et remonte son sac sur son épaule.

Avant de pouvoir dire quoi que ce soit d'autre, nous sommes rejoints par son capitaine.

— Tarek, on peut se parler ?

Je m'éloigne et hoche la tête, montrant mon respect pour son ordre et son besoin d'intimité.

Abbi me voit toute seule, me faisant toute petite, et l'œil vitreux, et elle glisse sa main dans la mienne. Elle m'emmène à la terrasse du café et nous trouve une place. Je suis reconnaissante qu'elle ait eu l'idée de m'écarter.

J'essaie de ne pas fixer Tarek, qui est toujours de l'autre côté du sentier à une douzaine de pas, discutant avec ses pairs. Il ne me regarde pas, d'après ce que je peux voir – mais avec ses capteurs, qui sait ? Mais il ne montre aucun signe qu'il est conscient – ou se soucie – de ma présence.

— Excuse-moi, tu es Zina ?

Un humain mâle musclé avec une tignasse rousse se tient à côté de moi. En comparaison de Tarek, on dirait un enfant.

— Oui ?

Je lève les sourcils et essuie rapidement mon œil avec

une serviette, parce que j'ai l'impression que les larmes approchent.

— Je suis Tal. Le frère de Cambry.

Je sens un malaise chez lui.

— Salut. Moi, c'est Zina.

— Je sais.

Il sourit.

— Oh, oui !

Je rougis. Il est bel homme et amical, mais je ne pense qu'à Tarek, qui semble vraiment me porter de l'attention maintenant.

Je quitte mon siège, parce que ça me paraît étrange de rester assise et de lever les yeux vers lui.

— Tu es...

Je ne suis pas sûre de savoir quoi lui demander.

— Tu reviens de mission ?

Je jette la serviette sur la table.

— Seulement d'un entraînement. J'ai... euh... entendu dire que tu t'intéresses à la navigation.

— Hmm, oui.

En fait, à un navigateur en particulier.

— Tu aimerais qu'on étudie ensemble ?

Oh !

Je vérifie si Tarek nous regarde. C'est le cas ! Il détourne la tête immédiatement quand je l'observe. Est-ce mal de le rendre jaloux ?

— Bien sûr, pourquoi pas ?

Je me force à sourire à Tal.

— D'accord, suis-moi.

— Oh, tout de suite ?

Il acquiesce.

— Hmm, bien. Je peux. Oups !

Je n'ai pas réellement envie de partir avec lui. Je cherchais seulement à attirer l'attention de Tarek.

Je récupère ma serviette en tissu et je la range dans mon sac. Je la laverai plus tard, quand je serai de retour au dortoir.

Tarek tourne encore une fois la tête dans notre direction et je lui fais un signe de la main. Je ne suis pas certaine de savoir si je veux que ce soit un bonjour ou un au revoir. Je crois que ce n'est pas le genre de geste que font les Zandians. Ils en ont d'autres comme de lever le poing dans un angle à quatre-vingt-dix degrés.

Tarek fronce les sourcils. Tal suit mon regard et se raidit quand le navigateur vient vers nous.

Nous attendons tous les deux que notre maître arrive.

— Il a l'air en colère, mentionne l'humain. Tu ne trouves pas ?

— Hmm... peut-être.

J'ai tous les sens en éveil, bien que contrairement à lui, je sois secrètement excitée par la colère de Tarek.

— Merde !

Il utilise un vieux juron humain.

— Dis-moi que Tarek n'a pas un penchant pour toi. Je viens de mettre les pieds dans le plat ?

— Oui, peut-être.

Je suis à bout de souffle dans l'expectative de la suite.

Notre formateur nous domine tous les deux, les mains posées sur les hanches, les muscles puissants de ses bras sont saillants. Il tourne son regard aveugle sur Tal.

— Qu'est-ce que tu fais ici, humain ?

— Rien, répond aussitôt celui-ci. Je venais juste demander à Zina si elle voulait travailler la navigation avec moi. Mais en fait, tu sais, je pense que j'étudie mieux tout seul. Alors, je vais y aller.

Il commence à se retirer.

— Bosser, hein ! poursuit-il. Je vais retourner aux baraquements et réviser. On se voit plus tard. Pour l'entraînement. Je l'espère.

Il fait le salut zandian pendant que Tarek garde son air renfrogné et rayonne d'intimidation dans sa direction.

Je lève la tête vers celui-ci. À sa seule proximité, mon corps est prêt pour lui. Mon sexe commence déjà à palpiter. Mes mamelons sont durs.

— Tu ne parles pas à cet humain, grogne Tarek.

Bon, ça va trop loin ! Il m'a pratiquement renvoyée après avoir couché avec moi. Il n'a aucun droit de me dire avec qui je peux discuter ou pas. Même si j'essayais de le rendre jaloux.

— Pourquoi ? demandé-je.

Il ne répond pas, il me jette tout bonnement sur son épaule et aplatit sa grosse main sur mes fesses.

— Aïe ! Tarek !

Il ne prononce pas un mot, il me transporte simplement dans le dôme d'entraînement, où il me pose et verrouille la porte.

— Quand je te donne un ordre, tu réponds : « Oui, monsieur ou oui, maître. » Compris ?

Par les étoiles, comme il est sexy quand il est autoritaire !

— Oui, maître, dis-je rapidement.

— Si je te dis de rester loin de ce mâle sans valeur qui se tenait bien trop près de toi, alors, tu le fais, *bordix* !

Je tâche d'éviter de sourire.

— Pourquoi, Tarek ? Tu es jaloux ?

Il se rapproche, m'attrape par la taille et me soulève de terre jusqu'à ce que mon visage soit au niveau du sien.

— C'est ce que tu essayais de faire, petite humaine ?

Ses cornes sont raides et se contractent dans ma direction. Ses yeux, même s'ils ne peuvent pas faire le point, ont changé de couleur.

Il me désire.

Le savoir apaise ma colère après sa réaction de la dernière fois. Tarek peut croire qu'il ne peut pas prendre de compagne, mais ça ne veut pas dire que je ne l'attire pas.

— Peut-être, avoué-je.

Il grogne et fait deux pas en direction du mur. Il me repose sur mes pieds et me retourne face à la paroi de métal. D'une de ses mains, il attrape les deux miennes et les plaque contre la cloison et de l'autre, il me claque les fesses, fort.

— Aïe ! m'écrié-je.

— C'est ça, petite humaine. C'est ce qui arrive quand tu manipules ton maître.

Oh, par la Terre, j'ignore pourquoi j'aime autant quand il se proclame mon maître ! J'ai été esclave toute ma vie et j'ai détesté tous les précédents, mais l'idée qu'un mâle comme Tarek se charge de moi me donne des papillons dans le ventre.

Il m'assène une autre fessée, tout aussi forte. Ma peau chauffe et picote. Je me redresse, mais je me remets dans la position qu'il m'a ordonné de prendre. J'en veux plus.

Je me languis d'en avoir plus, en fait. Je suis si perdue sur Zandia sans Enya, et déboussolée par toutes les nouveautés. Ma relation avec Tarek est l'unique élément qui me semble bien réel. Ça me rappelle qui je suis et où est ma place.

Le souffle du Zandian est rauque derrière moi, et sa respiration s'accélère. Lui aussi est excité.

— Garde tes mains sur le mur, ordonne-t-il en relâchant sa prise.

En quelques mouvements hâtifs, il m'enlève ma robe d'un coup, me laissant seulement en culotte. Puis il fait glisser cette dernière le long de mes cuisses.

— Vilaine fille !

Sa voix ressemble à un ronronnement. Avec son bras, il me contourne et pose sa paume sur mon sexe, ses doigts plongent dans ma fente humide.

— Si tu bouges les mains, je retire le ceinturon de mon épée et je te fouette à cru, gronde-t-il.

Les mots sont durs, mais ses doigts – par les étoiles ! Il me caresse lentement en étalant ma moiteur sur mes lèvres.

Puis il me donne une tape avec l'autre main – bien fort.

Je gémis de désir. Il me masturbe un peu plus, puis il me tient fermement entre les jambes pour me prodiguer une rafale de bonnes fessées.

— Maître, gémis-je parce que je sais qu'il aime que je l'appelle comme ça. S'il te plaît.

— S'il te plaît, quoi ?

Trois autres claques bien senties sont suivies par de nouvelles caresses sur mon sexe.

Je ne suis que désir, maintenant. Elles provoquent une douleur cuisante sur mon postérieur et mes lèvres sont complètement gonflées et humides.

— S'il te plaît... Prends-moi, *bordix !*

J'utilise un mot de son vocabulaire pour l'exciter, je sais à son grognement que ça fonctionne. Il m'assène trois tapes de plus, puis j'entends le bruissement de ses vêtements.

— Refais sortir ton derrière et écarte les jambes, ordonne-t-il.

J'obéis et mon cœur bat la chamade dans ma poitrine. Il tient mon bassin d'une main et frotte le sommet de son sexe sur ma fente de l'autre.

— Oui ! gémis-je.

Il se glisse en moi et remonte, me soulevant sur la pointe des pieds avec la force de ses coups de reins. Je crie de douleur et il me maintient en place, il encercle mes deux mamelons du bout des doigts.

— Ça va, ma belle ? demande-t-il au bout de quelques secondes.

— Oui, murmuré-je.

— Tu veux que je te prenne ?

— Oui, maître.

— Merci, *bordix* ! lance-t-il.

Il commence par de lents va-et-vient vers le haut, pas moins puissants que le premier. Il est trop imposant et trop brutal, et pourtant, il y a quelque chose de si satisfaisant à être aussi remplie, dominée !

Il maintient mes hanches et accélère, percutant mes fesses de son bas-ventre.

Je plaque mes mains contre le mur et je renforce mes bras pour éviter que mon visage s'écrase contre le métal.

— Tu ne me manipules pas, Zina ! dit-il alors qu'il continue de me pilonner.

— Non, maître, acquiescé-je bien que je ne sois pas du tout désolée du résultat.

— Et reste loin de cet humain.

— Promis, haleté-je pour reprendre mon souffle.

— *Bordix*, Zina ! jure-t-il quand ses va-et-vient deviennent plus erratiques. C'est si bon d'être en toi ! Jamais je n'aurais cru que ce serait aussi satisfaisant.

Il contourne mes hanches et trouve mon clitoris. À l'instant où il le frotte, je jouis, mes jambes se transforment en guimauve. Tarek me tient bien et me prend avec force alors que je me contracte autour de son sexe, puis il crie, son sperme chaud m'inonde et coule le long de mes cuisses tandis qu'il me serre fort contre lui.

* * *

Tarek

Bordix ! J'ai recommencé. J'ignore pourquoi je n'arrive pas à rester loin de cette femelle. Elle est simplement irrésistible à mes yeux.

J'aurais dû encourager un lien avec Tal, mon apprenti humain, parce que je ne peux pas la réclamer pour moi. Au lieu de ça, je l'ai revendiquée devant tout le monde en la jetant par-dessus mon épaule et en la transportant jusqu'au centre d'entraînement.

Que va-t-il se passer quand je devrai arrêter sa forma-tion ? Elle ne sera plus mon élève. Je ne serai plus son maître. Je n'aurai plus le droit de punir son joli petit derrière.

Et pourquoi cette pensée me donne-t-elle envie de détruire tous les équipements du dôme ?

Je me retire de la précieuse femelle et utilise ma tunique pour essuyer son entrejambe.

Je ne sais plus quoi lui dire, maintenant.

Je suis désolé. Je suis un idiot qui n'arrive pas à rester loin de toi.

Je ne veux pas lui dire tout ça. Je préfère la garder près de moi, mon élève enthousiaste, soumise à ma discipline.

Et à portée de mon sexe.

Mais bientôt, mes supérieurs vont commencer à poser des questions sur les raisons pour lesquelles je gaspille mon temps avec elle alors qu'elle est loin d'être qualifiée.

J'aide Zina à se rhabiller.

— Tu vas être sage ? demandé-je, jouant toujours la carte du dominant.

— Oui, maître.

Elle se penche vers moi. Je ne m'empêche pas de l'envelopper dans mes bras pour l'attirer contre moi.

— C'est bien. On se voit la semaine prochaine, alors.

Je lui serre les fesses avant de compléter par une petite tape.

Elle s'éloigne. Mes capteurs m'indiquent que son regard s'attarde sur mon visage. Elle essaie certainement de comprendre ce qu'il se passe entre nous. Et je suis un connard, car je ne peux le lui expliquer. Parce que ça ne devrait pas arriver.

— Au revoir, Zina, murmuré-je en la raccompagnant.

— Hmm, au revoir. À la semaine prochaine.

Je lui donne une dernière tape joueuse sur les fesses avant qu'elle franchisse la porte, puis je me dirige vers le tube de lavage pour éviter que mon capitaine la sente sur moi.

Je vais me mettre dans une galaxie d'ennuis si je ne m'éloigne pas de cette humaine.

Et pourtant, prendre mes distances me semble tout bonnement impossible.

Chapitre Neuf

Z^{ina}

— On a fini. Tu peux te rhabiller quand tu seras prête.

Le médecin se détourne et j'entends ses instruments cliqueter dans l'évier avant qu'il les nettoie dans la capsule médicale.

— Le protocole de soins est un succès et il n'y a aucune raison pour que ta stérilité ne se dissipe pas dans les trois mois. J'ai réussi à retirer l'implant et tes hormones sont à un niveau parfaitement normal pour la procréation. Riya va t'expliquer comment faire les pansements, alors s'il te plaît, sois attentive.

Quand il sort de la pièce, je m'assois et touche mon ventre.

— Je me sens engourdie.

Mon esprit l'est aussi, il est étrangement déconnecté de ce qu'il vient de se passer. Après les expériences faites sur moi, j'ai trouvé difficile de rester étendue là et de laisser un médecin m'examiner. J'ai dû quitter mon corps par la pensée et mes émotions pour m'empêcher de le combattre et de m'enfuir.

Mais maintenant que c'est terminé, je devrais être folle de joie de savoir que ma fertilité reviendra certainement. Pourquoi suis-je déprimée, alors ?

— L'anesthésie va s'estomper dans quelques minutes. Tu as des vertiges ?

Riya s'approche avec des pansements.

— Non, je ne crois pas, rétorqué-je en regardant autour de moi. C'était étrangement rapide.

La capsule médicale est stérile, rudimentaire et me rappelle... Je frissonne et repousse de vieux souvenirs. Ma jambe. Je me concentre sur les efforts qu'un être a effectués pour égayer cet endroit. Des rideaux de tulle ont été posés sur les hautes fenêtres rondes et un superbe tableau – certainement réalisé à la craie setta sur un parchemin, un paysage zandian – est accroché. C'est apaisant et je suis presque sûre que c'est une humaine qui l'a dessiné. Les mâles Zandians ne semblent pas vraiment apprécier l'art.

Elle acquiesce.

— Nous connaissons assez bien les appareils ocretians, maintenant, et le docteur a un bon taux de réussite sur ce protocole. Pour être honnête, il est de cent pour cent, mais on ne veut pas faire de promesses, juste au cas où. Tu vas devoir attendre que ton corps s'adapte. Nous allons te donner des médicaments au cours des prochains mois, pour t'aider à t'acclimater à tes nouvelles hormones. Tu te sentiras peut-être plus émotive.

— D'accord. Je comprends.

Je referme les poings sur ma robe blanche. L'anxiété me ronge.

Sa voix est douce et agréable.

— Ça va bien se passer, Zina. Je peux ?

Elle soulève le tissu et me montre l'endroit où j'ai été opérée.

La plaie est petite, à peine plus d'un centimètre, et située juste au-dessus de la cicatrice où on m'avait inséré l'implant.

— Ce sera guéri dans quelques heures avec le pack médical.

Même si je connais maintenant la vitesse de la rémission zandianne, elle m'étourdit toujours.

— Waouh !

— À partir de demain tu pourras vivre à nouveau comme d'habitude, m'annonce-t-elle en souriant.

— Super ! Je vais pouvoir recommencer à m'inquiéter pour Enya et être obsédée par Tarek sans problème, marmonné-je.

— Pardon ?

Elle penche la tête.

— C'est génial ! Je suis absolument ravie.

Je regarde la porte où le médecin a disparu, peut-être pour essayer de détourner son attention de la façon dont j'ai parlé de Tarek.

— Je suis consciente que le docteur est un peu brusque, s'excuse-t-elle. Mais il est le meilleur sur cette planète, et peut-être même dans de nombreuses galaxies. Et comme tu le sais, il se concentre maintenant sur sa compagne, Bayla, et sa fille humaine.

— Oh, par la Terre ! Il est lié avec la mère d'Enya ? demandé-je au moment où mon cœur s'emballe. Pourquoi il ne m'a rien dit ?

Des larmes me montent aux yeux.

— Je suis... sa nourrice. Celle qui l'a aidée à s'échapper. Pourquoi il ne m'a pas au moins... remerciée.

Elle semble confuse.

— Je ne sais pas. Il ne souhaite peut-être pas mélanger sa vie privée et professionnelle. Il n'est pas très chaleureux ni sympathique. Pour le moment, il faut te concentrer sur la fin de cette opération et ne pas te laisser contrarier.

J'attrape ma robe.

— Je veux rentrer chez moi.

Ce n'est qu'un exemple de plus que je ne mérite pas d'être traitée comme une égale. C'est super que je me sois occupée d'Enya pendant plusieurs cycles solaires. Génial que j'aie contribué à son évasion. Maintenant que je suis là, je dois rester loin d'elle. Je suis toujours inférieure dans cet environnement supposément « libre ». Splendide !

Je remets mes sandales.

— Merci pour ton aide.

Elle me tend un sachet contenant des médicaments et des baumes.

— Nous avons envoyé les instructions pour les soins de ta plaie sur ton communicateur. Informe ta surveillante de dortoir, maîtresse Kaal, si tu as des douleurs...

— Merci. Au revoir.

Je pars aussi vite que je peux, sans me soucier de paraître impolie.

C'est plus que frustrant. J'ai besoin de voir Enya.

* * *

Bayla

J'ignore quoi dire à ma fille.

Elle est assise de l'autre côté de la pièce et regarde la ville à travers la fenêtre arrondie. Habillée dans une gracieuse robe zandianne avec ses cheveux courts et brillants, elle est la créature la plus belle que j'aie vue.

Et elle me déteste.

Depuis que nous sommes réunies, elle reste distante et renfermée. Maussade. J'ignore à quoi je m'attendais, mais ce n'était pas à cette petite personne en colère qui me traite comme une étrangère.

— Tu as mal ?

Je veille toujours sur elle. Désireuse de faire quelque chose, n'importe quoi, pour elle.

— Non.

Sa voix est froide et lointaine. Elle ne se retourne pas.

— Tu es sûre ?

Elle ne répond pas, mais croise seulement les bras tout en continuant de regarder par la fenêtre comme si elle souhaitait la voir fondre par la force de ses yeux.

C'est moi qui ai insisté pour qu'on nous donne un moment sans interruption pour créer des liens. Pour que Zina s'adapte de son côté pendant qu'Enya passe du temps avec moi. C'est ma fille ! J'attends ce moment depuis des cycles solaires !

Mais après notre première accolade fantastique, où nous avons à la fois ri et pleuré en nous étreignant pendant ce qui a semblé des heures, elle s'est renfermée. Elle n'interagit pas avec moi.

— As-tu faim ?

Je m'affaire dans la station de nutrition, les doigts tremblant un peu alors que je rassemble mes fruits les plus mûrs et les dépose sur un plateau d'argent.

— Je t'ai réservé les meilleurs...

— Non.

Elle parle à voix basse et s'essuie les yeux.

— Tu n'as pas beaucoup mangé depuis ton arrivée.

Je regarde, impuissante, sa mince silhouette.

— Je veux seulement que tu guérisses, insisté-je d'une voix suppliante.

— Je vais bien.

— Daneth, mon... le médecin dit que tu as besoin de nourriture.

Je rapproche le plateau et le pose près de son coude.

— Le docteur ignore ce dont j'ai besoin, rétorque-t-elle.

Elle frappe le plat avec son bras, envoyant les raisins dodus rebondir sur le sol, puis rouler sur le marbre brillant.

J'en ai le souffle coupé et je tressaille. Quelque chose se brise en moi.

— Moi aussi, murmuré-je en portant une main à mon visage. Je ne m'attendais pas à ça.

Elle me regarde avec un air indéchiffrable. Je ne la connais pas. Elle est à moi sans l'être.

— De quoi tu as besoin ?

Je parviens à peine à prononcer les mots. Mon cœur se brise dans ma poitrine.

— Peut-être qu'au lieu de me garder comme esclave ici, enfermée au palais et de décider ce que je fais, où je vais et à qui je parle, tu devrais me demander ce que je souhaite, non ? s'enquiert-elle d'un ton strident en se levant. On m'a emmenée sur cette planète et ensuite, tu m'as enlevé ma seule famille. Personne ne m'a laissé discuter avec Zina, sauf une fois par hologramme.

Des larmes coulent sur son visage.

— Et bien sûr, j'ai envie d'être avec toi, mais je veux aussi... Oublie ça, ajoute-t-elle.

Elle me fusille du regard, mais à travers sa colère, je le vois. Elle est perdue, tout comme moi. Certainement plus.

— Dis-moi.

— Tout ce qui te préoccupe, c'est tes nouveaux enfants et toi.

Elle lâche les mots, croise les bras, son visage déformé par la douleur. Je pourrais jurer que mon cœur se déchire quand j'entends ces paroles.

— Ce n'est pas vrai. S'il te plaît. Je suis sincèrement désolée.

— De quoi ?

Elle tourne la tête. Je crois déceler de l'espoir dans sa voix.

— Pourquoi tu es désolée ? demande-t-elle.

Je m'essuie les yeux.

— Je le suis de ne pas avoir pu être ta mère pendant autant de cycles solaires. De ne pas avoir pu les empêcher de t'emmener. Je le suis parce que nous sommes nées humaines dans une galaxie où nous sommes considérées comme la caste la plus basse et l'espèce pouvant se reproduire le plus. Je suis désolée que tu n'aies pas pu voir ton... amie.

Ma bouche se tord en le disant.

— Zina. Je sais que... tu l'aimes, ajouté-je.

Ses lèvres tremblent.

— Je n'avais pas l'intention d'aimer Zina plus que toi ! Mais tu étais partie. Jamais je ne pensais qu'on puisse être réunies. Elle est la seule mère que j'aie jamais connue, explique-t-elle en sanglotant, alors que ses épaules tressautent. Je ne sais pas quoi faire. Je ne sais pas ! J'ai toujours besoin d'elle.

Elle lève les yeux vers moi, angoissée.

Je vais vers elle sans hésiter et la serre contre moi. Elle est si différente de mes bambins métis ; plus anguleuse, plus grande. Son visage n'a pas les mêmes inclinaisons et son regard contient une douleur ainsi que de l'inquiétude. Mais elle est de moi, ma chair et mon sang, ma petite fille.

— On va faire en sorte que ça fonctionne, lui murmuré-je en la berçant.

Elle s'appuie sur moi et se détend pour la première fois depuis son arrivée.

— Je t'aime. Je n'ai jamais cessé. Si c'est avec... Zina que tu préfères être, alors, je te laisserai partir avec elle.

Prononcer son nom est difficile.

— Ça va aller, la rassuré-je.

Pas du tout. J'ai besoin que ma fille souhaite être avec *moi*. Qu'elle m'aime. Mais je n'ai pas d'autre option.

— Je veux aussi être avec toi, me dit-elle en frissonnant. Enfin, j'ai envie de le vouloir. Je suis tellement brisée ! Jamais je ne pourrai arranger ça. Je n'arrive pas à le gérer.

Tout son corps tremble.

Et soudain, je suis à nouveau sa mère. Je sais que je peux régler cela pour elle. C'est mon travail.

— Ça va aller mieux.

Je lui lève le menton et examine son beau visage. Ces yeux, je les connais. Ce sont les miens qui me regardent.

— Je te le promets. Et tu peux le gérer. Nous, les humains, nous avons une férocité et nous n'abandonnons pas. Je n'ai jamais cessé de vouloir être avec toi et de te chercher. Tu ne le savais pas, mais tu étais dans mes pensées au cours de toutes les rotations planétaires.

— Vraiment ?

Elle renifle. Je prends une inspiration.

— Oui. Même après m'être liée avec Daneth et avoir trouvé le bonheur, une part de moi était toujours avec toi. Chaque seconde.

Elle a le hoquet.

— Tu étais dans les miennes aussi. Mais je me sentais

mal parce que c'était il y a si longtemps que je n'arrivais pas à retrouver une image de toi. J'ai été une mauvaise fille.

Elle recommence à verser des larmes.

— Non ! Tu as été géniale et tu l'es encore plus aujourd'hui.

Je souhaite la convaincre de toutes les fibres de mon être.

— Jamais tu n'aurais pu te souvenir de moi, parce qu'ils t'ont enlevée à moi quand tu avais tout juste une rotation planétaire. Mais tu as survécu. Tu es ici, maintenant. Et aimée.

— Moi ?

Mon cœur se brise en entendant l'espoir dans sa voix.

— Je veux simplement que tu le saches. Même si tu es seule, tu es aimée. Et je suis si heureuse que Zina ait été à tes côtés pour t'aider à traverser tout ça ! Elle est un miracle, tout comme toi. Et à partir de cette rotation planétaire, on va la voir. Tu pourras passer autant de temps que tu le désires avec elle.

Ma voix ne se craquelle même pas en disant ces paroles. Je ne peux qu'espérer que c'est la chose à faire et qu'Enya reviendra vers moi si je la libère.

Elle attendait ces mots, je le constate quand elle me retombe dans les bras, me serre contre elle et pleure sans s'arrêter. Je l'étreins sans parler, je la laisse sangloter, lui montrant ainsi que je suis là pour elle. Je n'irai nulle part. Et je lui donnerai tout ce dont elle a besoin.

Chapitre Dix

Z^{*ina*}

— Oh, Zina !

C'est mon amie Kara. Je l'ai rencontrée pour la première fois avec Mirelle et Cambry quand on mangeait des oranges alors que je pleurais à propos de Tarek. Je rajuste mon sac sur mon épaule en lui répondant :

— Bonjour. Je suis en route pour... euh... le dôme de navigation. Pour l'entraînement, tu vois.

Je pointe le bâtiment devant moi, l'adrénaline déferlant sur moi.

— Pour ma deuxième session.

Je repousse la culpabilité à l'idée de voler du temps avec Tarek qui serait plus profitable à de véritables candidats dotés de meilleures aptitudes. Il ne m'a pas spécifiquement demandé de le rejoindre. En fait, je me rappelle mot pour mot ce qu'il m'a dit : « Viens dans trois rotations planétaires, si tu veux. »

Alors techniquement, je dois toujours être en lice, non ? J'ai choisi de voir les choses ainsi, en tout cas. Après tout, le protocole standard est de faire cinq sessions initiales en plus de l'évaluation pour intégrer la formation.

— Je passe les tests de navigation.

Ça semble fou. J'essaie de ne pas lever les yeux au ciel contre moi-même.

— C'est ce qu'on m'a dit.

Elle hausse un sourcil.

— Tu as entendu quoi, exactement ? Et par qui ?

Je me mords l'intérieur de la lèvre inférieure, tâchant de ne pas paraître nerveuse.

Elle commence à répondre, mais son bambin, installé sur sa hanche, l'interrompt, brandissant un petit poing violet. Son autre main serre le tissu sur l'épaule de sa mère.

— Je veux jouer ! hurle-t-il.

Elle le remonte contre elle et dépose un baiser sur sa tête lisse.

— On doit faire quelque chose d'abord, Braxton.

Le volume de ses cris s'intensifie et il donne des coups de pied dans le colis que porte Kara.

— Chéri, on en a parlé.

Elle semble fatiguée. Je remarque les cernes sous ses yeux.

— Je peux essayer ?

Sans réfléchir, je lui tends les bras.

Elle grogne.

— Avec plaisir. Tu as peut-être la magie dont on a besoin. Il n'écoute rien de ce que je lui dis.

Elle me le donne avec une confiance qui me fait sourire.

Peu importe ce qu'elle a entendu sur mon expertise tactique, ou son absence, elle partage ce sentiment qui unit tous les humains : je peux compter sur toi. Tu es en sécurité.

Son enfant est chaud dans mes bras et il est plus lourd qu'il en a l'air. Mais ça me semble si naturel et merveilleux de tenir son petit corps trapu !

Abasourdi devant ce changement de routine, il a un hoquet et me fixe, il examine mon visage.

— Tu sais jouer au jet de pierre ?

Je regarde la couleur noisette cernée de violet de ses yeux, comme les adultes zandians.

Il lève la main pour toucher mes cheveux.

— Non.

— C'est amusant.

Je le déplace pour lui donner une meilleure position et penche la tête.

— On doit lancer des cailloux chacun son tour dans un cercle qu'on a dessiné dans la terre avec un bâton. Je suis sûre que tu seras doué. Tu veux essayer ?

— Il n'y a pas de terre, ici.

Il pointe le sol, pavé de pierres plates ressemblant à du marbre.

— C'est vrai. Mais il y a des craies juste là.

J'indique le dôme de navigation.

— Et il y a des matelas souples pour sauter, ajouté-je en ouvrant la porte. Entre, je vais te montrer.

— Pouvons-nous...

Sa mère hésite.

— Oh, ça va ! dis-je avec plus de confiance que j'en ressens réellement. Je suis arrivée tôt, donc je peux jouer avec lui en attendant. Il n'y a pas d'autre candidat prévu à cette heure, on ne dérangera pas.

J'entre dans la zone, je passe devant les écrans et les installations de navigation pour me diriger vers les matelas où Tarek m'a proposé le second exercice lors de la précédente session. Là où nous avons fait l'amour.

Il n'y a personne pour le moment, alors je prends le plus petit ballon sur le présentoir.

— On va se le lancer, d'accord ?

Kara appuie sur son communicateur et parle.

— Oh, je ne crois pas pouvoir le récupérer tout de suite ! Braxton est difficile. Je ne sais pas si j'ai vingt minutes.

Elle soupire.

— Peut-être au cours d'une autre rotation planétaire...

— Je peux le surveiller.

Les mots sortent tout seuls. Elle se retourne.

— Mais ta session ?

Elle en a envie, je le vois.

— Elle ne commencera pas avant un moment. J'ai le temps. Ça me ferait plaisir.

Elle regarde autour d'elle, prudente. Je parie qu'elle effectue de complexes équations mentales, soupesant les lieux, le facteur de confiance, l'urgence. Elle semble prendre sa décision.

— Alors, ça me rendrait service. Si ça ne te dérange vraiment pas.

Je jette la balle au petit et il l'attrape en gloussant.

— Je pourrai te joindre sur ton communicateur s'il y a le moindre problème. Si tu veux, tu peux même le laisser ouvert tout le temps.

— Je me dépêche.

Elle avance rapidement et se penche en avant pour serrer son enfant dans ses bras.

— Maman va faire une course et je reviens. Tu peux rester ici avec Zina pendant ce temps ?

— Va-t'en. Je joue avec Zina.

Il la repousse d'une main et me sourit, enchanté.

— D'accord, alors.

Elle lève les yeux au ciel et me sourit. Elle articule le mot « merci » sans le prononcer et se tourne vers la porte.

— Ça ne prendra que quelques minutes.

Braxton et moi nous lançons la balle et à un moment, je sens que nous ne sommes plus seuls. Il est derrière moi, me fixe. Pas du regard, mais avec tout son être, comme à son habitude. C'est Tarek. J'ai l'impression de ressentir sa présence, je ne sais pas comment ça fonctionne, mais je frissonne.

— Je constate que tu es accompagnée d'un protégé au cours de cette rotation planétaire.

Sa voix est profonde et sexy, comme dans mes souvenirs.

— Oui.

Je reste calme tout en lançant la balle.

Braxton l'attrape même si je l'envoie complètement à côté.

— D'après ce que je vois, il te surpasse. Tu es bien meilleure enseignante qu'étudiante.

Il est raide et fixe l'enfant. Si je ne savais pas à quoi m'en tenir, je pourrais presque penser qu'il... a peur du petit. Il agit comme s'il voyait une *vipn* sauvage devant lui plutôt qu'un bambin.

— Ce n'est pas très motivant, Tarek. Je m'attendrais à plus de la part du formateur navigateur par excellence de Zandia.

Je pose les mains sur mes hanches et plisse les yeux en me tournant vers lui.

— J'espère que tu ne parles pas comme ça à tous tes stagiaires.

Ses lèvres tressaillent.

— Bien sûr que non, Zina, j'offre des bouquets de doux compliments féminins. Le meilleur moyen d'entraîner des guerriers est de les couver.

Il est toujours concentré sur l'enfant. Je me demande ce que ses capteurs lui indiquent.

— Je suis désolée de l'avoir amené, dis-je même si c'est faux. On était là tôt, alors j'ai dit à sa mère que je pourrais jouer avec lui ici.

— Oui... nous en discuterons.

Un frisson d'excitation me parcourt en entendant son ton autoritaire.

— Tu aurais dû solliciter la permission d'abord. Ce dôme peut être dangereux, Zina, mentionne-t-il en fronçant les sourcils dans ma direction. Si l'un des entraînements avait été disposé à l'avance, il aurait pu se blesser avec les armes de test. Sans oublier que cet endroit est loin d'être sûr pour les jeunes.

Il regarde autour de lui.

— Je ne crois pas qu'on en ait déjà eu un ici, ajoute-t-il.

— Peut-il rester pour l'instant ? Le temps que sa mère revienne ? Ça ne devrait prendre que quelques minutes.

J'examine les alentours avec soin.

— Je ne vois rien pouvant être fatal, précisé-je.

— Si tu arrives à garder le contrôle sur lui, répond-il avec réticence. Et je parle d'une maîtrise totale.

— Bien sûr. Il n'impactera pas mon entraînement, je te le promets. Il est très gentil.

— Je crois que rien ne pourrait être un obstacle à ta formation, réplique-t-il sèchement en installant l'écran de l'ordinateur. Parce que, étant donné tes performances, tu ne peux que progresser.

Ah ! Au moins, il se détend un peu. Je réalise qu'amener un jeune, c'était peut-être la chose la plus délicate à faire, compte tenu de sa réaction quand on a parlé d'enfants la dernière fois que nous avons été ensemble. Et je suppose qu'il a raison pour le côté sécuritaire. Mais c'est trop tard, maintenant.

Ce sera peut-être positif pour lui. Il se rendra compte qu'ils ne sont pas effrayants.

Je plaide en ma faveur.

— J'ai besoin d'une autre chance. Je n'étais pas au meilleur de ma forme.

Il se racle la gorge.

— On dit que les humains sont l'une des espèces les plus optimistes de la galaxie. Tu en es l'exemple par excellence.

Mais il me demande quand même de revenir. Si je suis aussi horrible, pour quoi prendre la peine de m'évaluer ? Les Zandians sont efficaces. Ils ne perdent pas leur temps. Alors, il me veut ici pour quelque chose, non ? Certainement pour la même chose que j'espère.

Braxton nous rejoint, intrigué, et enveloppe ma jambe de ses bras. Il jette un œil à Tarek.

— Grand guerrier, remarque-t-il.

— Oui, il l'est. Grand et très talentueux. Et il est beau aussi, tu ne trouves pas ?

— Les compliments ne te mèneront nulle part, petite humaine, dit Tarek tout en semblant amusé.

Je caresse Braxton entre ses cornes minuscules.

— Il a le sens du détail. Il pourra peut-être t'enseigner quelques mouvements.

— Je ne pense pas.

Tarek nous tourne le dos.

— Alors, je pourrai te les apprendre quand je les connaîtrai.

Tarek marmonne quelque chose. Ça ressemble à « aucune chance ».

— C'est quoi, ça ?

Je me rapproche, tirant doucement Braxton derrière moi comme un membre supplémentaire. Il glousse.

— J'ai dit que j'allais préparer ton prochain programme. On va voir comment tu t'en sors au cours de cette rotation planétaire.

— Parfait ! J'ai l'intention de battre mon score de la semaine dernière.

Il tousse.

— J'espère que tu en seras capable.

— Je vais y arriver.

Ma voix devient rauque et plus basse. Je me souviens de mes actes lors de la précédente séance. Ce qu'il m'a fait. Et à quel point j'ai apprécié.

— Bien.

Il répond aussi à voix basse, d'un ton sensuel.

Par les étoiles, comme j'ai envie de lancer l'ordinateur par la porte et de l'attraper pour le supplier de me faire l'amour. Bien sûr, pas avec le petit qui nous regarde – une fois que sa mère sera venue le chercher, évidemment.

En parlant d'elle, Kara est de retour, son sac rempli de fruits.

— Oh, Zina, je te remercie un million de fois !

Elle tend les bras vers Braxton, mais il se détourne et file derrière moi.

— Chéri, on doit partir, maintenant, pour aller à la réunion de planification agraire.

— Non. Réunion ennuyeuse ! hurle Braxton. Je reste avec Zina. Et lui.

Il pointe Tarek.

Waouh ! Il n'a peut-être pas la médaille du meilleur comportement pour un enfant, mais qui suis-je pour juger ? Il a certainement bon goût.

— On est seulement nouveaux pour lui, m'excusé-je au cas où Kara serait offensée.

Mais elle ne l'est pas. Elle rit.

Je suis fascinée. Regarder les mères en action – celles qui n'ont pas à répondre à des maîtres esclavagistes, c'est exaltant, compliqué et tellement différent de tout ce que j'ai pu vivre ! C'est agréable.

— Je peux peut-être continuer à m'en occuper, dis-je en vérifiant le visage de Tarek pour voir comment il réagit.

Il serre la mâchoire et se renfrogne.

— Ou peut-être pas au cours de cette rotation planétaire, ajouté-je rapidement. Puisque ma session d'entraînement est sur le point de commencer, je ne veux pas surtout pas déranger Tarek.

— Braxton a aussi besoin d'apprendre la patience.

Kara le récupère et le chatouille avec ses cheveux. Il hurle de rire, à nouveau heureux.

— Tu pourras peut-être le garder à un autre moment ? propose-t-elle avec un regard plein d'espoir. Avant ton prochain exercice ? Ça t'irait ?

Je lui fais un clin d'œil.

— C'est noté. Au revoir, Braxton.

Quand ils partent, Tarek croise les bras.

— Tu prends des libertés.

— Quelqu'un doit bien le faire.

J'imite sa position.

— Pardon ?

Ses cornes se raidissent.

— Ça me semblait être une bonne idée.

Je fais un pas en avant.

— Tu veux que je fasse quoi ?

Un moment passe. Je jurerais qu'il a envie de dire quelque chose de si sale et dépravé que je rougirais et l'agresserais de désir.

— On va réessayer le programme, dit-il plutôt, même si ses yeux brûlent d'une certaine énergie.

— Oh, super ! J'ai vraiment hâte, m'exclamé-je tout en tirant sur mes doigts. Je me suis entraînée.

Il se rapproche de moi.

— Ah oui ? Comment ? Explique-moi.

— J'ai fait des étirements des mains. Et j'ai beaucoup battu des paupières.

— Une véritable combattante, par les étoiles !

Il s'esclaffe.

— Si je ne m'améliore pas de vingt-cinq pour cent au cours de cette rotation planétaire, tu peux...

— Je peux quoi ?

Il est encore plus près, maintenant, et sa voix est basse avec des pointes menaçantes.

— Tu pourras me donner une leçon sur l'importance de m'entraîner plus.

J'ignore ce que je raconte. Je suis seulement ivre de son odeur, de sa proximité.

Il glousse.

— Oh, petite humaine, j'ai prévu de te montrer plus que ça ! Je te le promets.

Il retire une mèche de cheveux de mon visage.

Je sens le désir monter dans mes tripes. Je retiens un faible gémissement. S'il te plaît, s'il te plaît...

Mais il recule.

— Assois-toi, Zina. Je suppose que tu te souviens du gros bouton rouge de la dernière fois ?

— J'ai tout en tête.

Je prends une grande inspiration et je me force à me concentrer ? J'actionne la touche.

— Absolument tout.

— Excellent ! C'est le strict minimum, une mémoire eidétique, pour être un parfait navigateur. Concentre-toi.

Il est trop près, mais je fixe l'écran et j'appuie sous le défilement d'astéroïdes, suivant les indications de la barre me disant de les esquiver à gauche, à droite, de pivoter, de reculer.

Avant que je m'en rende compte, une heure passe et mes yeux commencent à fatiguer.

— Bon, j'arrête.

Je me lève et me frotte les tempes.

— Comment je m'en suis sortie ? Je me suis améliorée ?

Je tourne la tête pour voir le moniteur, mais il a en quelque sorte effacé mes scores.

— On en reparlera dans un moment. Mais avant, on doit avoir une conversation à propos de ton insubordination, ton invitation d'un enfant ici sans permission. Cela nécessite… une correction.

— Vraiment ?

Les battements de mon cœur s'accélèrent – d'appréhension ou d'excitation, je n'en suis pas certaine.

— Mais je me suis excusée, ajouté-je.

— En effet. Et pourtant, le protocole demeure.

Mon sexe se contracte. Tous mes fantasmes avec lui en tant que maître – me punissant avec son fouet et sa langue – me reviennent en tête.

Je jette un œil à l'écran, mais il le ferme d'un geste de la main.

— Plus tard.

C'est peut-être une forme perverse de flirt, mais j'insiste.

— Allez, dis-moi. Enlève-moi ce *suspense*.

— Zina...

Je lui saisis le poignet.

— Je mérite mes résultats. Montre-les-moi.

Par les étoiles, son bras est dur comme l'acier. Il tient son avant-bras au niveau de son torse. Et même quand je l'attrape en mettant tout mon poids dessus – en remontant les genoux comme si j'allais faire des tractions, il ne bouge pas. Tout mon corps y est suspendu et il ne tremble pas du tout.

— Donne-moi les chiffres ! m'exclamé-je en haletant.

— Tu as fini ?

Par les étoiles, comme il est sexy quand il prend son air sévère ! Je repose les pieds sur le sol.

— Hmm, oui ?

Je sais que j'ai franchi la limite. On peut agir de cette façon avec un bien-aimé, un compagnon, pas un formateur – bien que son regard nous consume. Même un avec qui on s'est laissé aller une semaine plus tôt.

— Je suis désolée ?

— Tu le seras, dit-il sur le ton de la conversation, mais son expression est sérieuse. Zina, je suis ton maître, ici, et tu outrepasses tes droits.

Je me mords la lèvre.

— Tu vas me punir ?

J'essaie de ne pas paraître pleine d'espoir.

Ses yeux prennent une teinte d'un violet plus foncé, le brun s'estompe. Ses cornes s'allongent et pointent vers moi.

— Oui, j'ai besoin de te réprimander.

Sa voix est embrumée.

— Tu as *besoin* de le faire ? répété-je, le souffle court.

— J'en ai envie.

Mon entrejambe s'enflamme. Mon pouls s'accélère.

— Dirige-toi vers ce mur et récupère la lanière en cuir.

Il me l'indique.

— Elle est suspendue avec d'autres outils, précise-t-il.

Je me dérobe. Il se peut que je sois allée trop loin avec ce mâle. L'adrénaline monte en moi.

— Oh ! Par les étoiles ! Je n'arrive pas à bouger.

— Si tu repousses l'échéance, je vais ajouter des coups. On va commencer avec quinze. Je me dépêcherais, à ta place. Mais c'est ton derrière. Si tu en veux plus, je peux t'obliger.

Il me fait un véritable sourire malicieux. Mes mamelons sont aussi durs que le cristal zandian. Mon sexe est trempé.

Je m'y dirige, lentement. Une multitude de choses sont suspendues au mur, je ne comprends pas la fonction de la plupart d'entre elles, elles servent sans doute à réparer l'équipement de vol. Cette lanière, par contre, dans le coin, n'a sûrement rien à voir avec la navigation, hein ? Pour quoi est-elle là ?

Je la récupère sur le crochet. Elle est souple et ferme. Je frissonne sous l'effet d'un mélange d'appréhension et de désir. Va-t-il réellement l'utiliser sur moi ?

— La rotation planétaire ne se raccourcit pas, Zina. Pose-la dans ma main. Et retire ta robe.

Sa voix me parvient, douce et séduisante.

Par les étoiles ! Je vais m'embraser sur place, simplement au ton qu'il emploie. C'est comme du miel et du sexe enchevêtrés avec de la domination.

— Et si quelqu'un entre ?

— Nous sommes seuls. Et j'ai verrouillé les portes. Il n'y a que toi et moi ici, Zina. Enlève cette robe. Si je dois t'aider, j'ajouterai des coups de lanière.

Dans un état de transe, j'avance vers lui. Je dépose le cuir dans sa grande paume violette. Je le regarde droit dans ses yeux aveugles et tire sur le tissu élastique le long de mes épaules, le faire descendre sur mes hanches et le laisser tomber à mes pieds. Je suis nue en dessous à l'exception d'une culotte de coton. J'ignore ce que ses capteurs lui montrent, mais quand je jette un œil à ses cuisses, je remarque combien son sexe est dur. Je comprends qu'il doit apprécier.

Je laisse échapper un sourire que je ravale aussitôt.

— Et maintenant ?

— Penche-toi sur ce siège.

Sans attendre, il me soulève. Je crie et donne des coups de pied sous la surprise quand il me transporte sans effort vers un fauteuil en suspension dans un coin.

— Mets-toi à l'aise… pour l'instant, du moins.

Il m'aide à prendre position, pliée au niveau de la taille et les mains sur l'assise. Il descend ma culotte et me la retire de façon que mon derrière nu lui soit présenté pour ma punition.

— Et n'essaie pas de t'enfuir.

Nous respirons tous les deux rapidement.

— N'y va pas trop fort. Je ne la mérite pas.

Comment ma voix a-t-elle pu devenir si rauque ?

— *Bordix*, tu mérites chaque fessée que je vais administrer à ton beau postérieur ! rétorque-t-il. Et plus encore. Considère-toi comme chanceuse que je sois un maître indulgent.

Sur ce, il me donne un coup de lanière.

— Aïe ! m'écrié-je sous le coup de la surprise. Ça fait mal.

C'est dur, féroce, comme une lignée de piqûres d'abeilles.

— Oui.

Il recommence.

Je danse d'un pied sur l'autre. C'est loin d'être aussi érotique que lorsqu'il utilise sa main.

— Tarek, j'ai dit aïe !

Il m'en assène un nouveau à l'emplacement exact où je m'assois et je tire fort pour tenter de fuir, mais son second bras – celui sans le fouet, est un étau. Il me maintient en place.

— Voyons, pourquoi je fais ça ?

Il me redonne un coup au même endroit.

Être nue pendant qu'il me corrige, c'est incroyablement excitant, mais c'est plus douloureux que je m'y attendais.

— Ça fait plus mal que la dernière fois !

Je me débats à nouveau, en vain.

— C'est normal, étant donné que ton comportement s'est dégradé, lance-t-il en continuant. Premièrement, quand nous sommes officiellement en entraînement, tu dois me traiter avec le respect dû à un officier aux commandes. Tu ne t'accroches pas à moi ni ne demandes tes résultats.

Il laisse la lanière et utilise sa main pour me prodiguer une flopée de claques de chaque côté.

— C'est clair ?

— Oui, je suis désolée. Je ne le referai pas.

Mais je repense à l'expression qu'il affichait quand j'étais suspendue à son bras, le choc et la surprise – tout en étant satisfait... et en colère à la fois. Je suis pratiquement certaine que je mens. Parce que si j'obtiens ce genre de réaction personnelle, je recommencerai sans relâche.

— Tu as aussi fait venir un jeune dans le dôme sans permission.

Il continue de me donner la fessée avec sa main. J'en suis reconnaissante, bien que sa paume soit à peine moins douloureuse que la lanière. C'est peut-être pire... Mais j'aime la sensation de sa peau contre la mienne, même si elle rougit mon derrière à chaque contact.

— Mais tu as dit que tu étais d'accord.

Je tape du pied sous la brûlure s'intensifiant sur mon corps.

— Après les faits. C'est irrespectueux de prendre ce genre de décision sans permission, pas juste envers moi, mais aussi envers le capitaine et les autres stagiaires. Et ça peut être risqué pour le petit, également.

Maintenant, il semble sérieux. Et je sens une pointe de remords sincères s'emparer de moi. Il a raison. Un dôme d'entraînement n'est pas un lieu pour les jeunes, habituellement.

— Il aurait pu y avoir des équipements dangereux. Il aurait pu se blesser. Ou endommager des choses importantes. Ces locaux ne sont pas pour les enfants, Zina. Tu le sais.

— Je suis désolée.

— Je reprends la lanière et on va t'administrer tes quinze coups.

— Mais tu as déjà...

— Maintenant, c'est vingt. Tais-toi.

— Mais je...

— Vingt et un.

Je ravale ma réplique. Aussi érotique que cela puisse être en théorie, quand il me donne ses ordres, je me mets en colère et sur la défensive.

Il brandit son bras.

— Un.

Le fouet s'abat. Fort. Je hurle et me tords.

— Arrête de te débattre et lève les fesses pour la deuxième. Ensuite, dis *merci*.

— J'en ai pas envie.

— Dommage !

Le cuir me pique le derrière à plusieurs reprises.

— Celles-ci ne comptent pas tant que je n'ai pas une réponse sincère, Zina.

— Merci ! crié-je alors que tout mon postérieur m'élance. Voilà !

Je garde les hanches relevées.

— Tu vois, ce n'était pas si dur ? dit-il en ricanant. Ça, par contre, ça le sera.

Il utilise à nouveau sa main, pour me claquer le haut des cuisses.

Au bout d'un moment, je perds le fil et toute notion du temps. Je suis en sueur, folle de désir, et mes fesses me font horriblement mal. Je suis certaine d'être tellement humide entre les jambes que des gouttes doivent tomber sur le sol.

— Tarek, arrête ! murmuré-je.

— Tu as retenu la leçon ?

Il m'en donne une autre, mais légère – presque une tapette, puis caresse ma peau sensible.

— Oui, haleté-je.

— Tu as appris quoi ?

Je suis supposée dire : *Je ne remettrai pas en question ton autorité. Je n'amènerai pas de jeune dans le dôme sans avoir ta permission d'abord.* Mais ce qui s'imprègne dans mon esprit, c'est qu'il me désire autant que je le désire.

— Embrasse-moi, marmonné-je.

Une fraction de seconde plus tard, il m'attire contre lui et sa bouche est sur la mienne, affamée. Exigeante. Dévorante.

J'enveloppe son cou de mes bras et je l'étreins de tout mon être. Je lui mords la lèvre une fois, et ensuite avec plus de force.

— *Bordix !* grogne-t-il en serrant mon derrière doulou-reux. Oui, mords-moi fort, petite humaine.

Je recommence et il racle ses ongles sur mes fesses, j'en gémis – mais j'adore. Vraiment. Ma souffrance mélangée à une envie grandissante en moi fait brûler mon désir au point que j'en tremble.

— Je besoin de toi, réclamé-je. S'il te plaît.

Ma respiration est maintenant irrégulière. J'écarte davantage les cuisses, comme s'il ne savait pas déjà où ni ce que je voulais.

— Tarek.

— Tu m'obéiras, me murmure-t-il à l'oreille, son souffle chaud me liquéfiant sur place.

— Oui, au cours de toutes les rotations planétaires, toujours.

Je suis prête à dire n'importe quoi pour l'avoir en moi.

— Tu me respecteras ainsi que les règles du dôme. Si tu ne le fais pas, je te donnerai des coups de lanière plus fort que ce que tu as reçu. Tu penses que c'était une correction ? Ce n'était qu'un avant-goût. Crois-moi, si j'avais réellement voulu te punir, tu l'aurais senti pendant plusieurs rotations planétaires.

Cela devrait être terrifiant, mais ça m'excite davantage. Je songe à l'éventualité d'avoir mal aux fesses au dortoir, de ressentir cette douce brûlure lorsque je m'assois... Et à l'être qui en est la cause. Tarek. Aux sensations quand il est en moi. Je jouis presque rien qu'en l'imaginant.

— *Bordix*, tes mamelons deviennent encore plus durs quand je dis ça. Par les étoiles, Zina, tu es si humide que je peux...

Son ton est plein de respect, de surprise. Il lance un juron, je crois ; quelque chose en zandian que je ne comprends pas.

— Agenouille-toi, ordonne-t-il d'une voix rauque. Voyons si tu sais suivre des instructions. Je veux ta jolie petite bouche d'humaine sur ma verge.

Je suis impatiente d'obéir, parce que je le désire plus que tout. Je me mets à genoux et j'attends, ma respiration est rapide. Je le regarde intensément.

Il retire son pantalon et l'envoie dans un coin d'un coup de pied. Son sexe impressionnant me fait écarquiller les yeux. Il doit avoir le plus gros de tout Zandia. Je l'ai déjà senti et vu, mais il me surprend toujours.

Il s'assoit et écarte les cuisses.

— Ouvre la bouche. Et ne referme pas les jambes. Je ne voudrais pas que tu viennes trop tôt.

Je gémis d'irritation, parce que j'espérais avoir un début de contentement en le suçant.

— Oui, maître, murmuré-je.

— Pas d'orgasme avant que je te le dise. Si tu ne fais pas comme je te l'ordonne, je ne te laisserai pas jouir du tout, cette fois-ci.

Cette fois-ci. Cela implique qu'il y en aura d'autres. Cela, avec mon excitation, me propulse dans une sorte de dimension sexuelle survoltée.

— Oui, maître, répété-je en avançant un peu. Je peux ?

Je baisse la tête.

— Oui. Et tu peux me prendre jusque dans ta gorge. Et sucer fort quand je me faufilerai tout au fond.

Je me saisis de ses cuisses puissantes et les écarte autant que possible pour le glisser entre mes lèvres. Pourtant, il est si gros qu'il entre à peine dans ma bouche et qu'il m'est totalement impossible de m'emparer de toute sa longueur. Je fournis de vaillants efforts, toutefois. Il m'attrape par les cheveux et tire ma tête pour me placer comme il en a envie.

Il est très doué, par contre. Il sait quand reculer pour

que je puisse respirer, et au bout de quelques minutes, je me détends et suis le rythme. C'est incroyablement érotique de l'entendre gémir de plaisir et de sentir sa verge tressaillir. Je joue avec sa peau, je le parcours de mes lèvres et de ma langue. Je découvre ses saveurs, sa forme, ses réactions.

Rapidement, toutefois, il se retire.

— Si je ne te pénètre pas bientôt, je vais jouir dans ta bouche...

— Ça ne me dérange pas...

— Moi, oui. C'est ton sexe que je veux. Mets-toi à quatre pattes et lève tes fesses rouges dans les airs. Je veux te prendre par-derrière. Sentir mes bourses claquer contre ta peau douce.

Je produis des sons incohérents et j'exécute ses ordres en écartant les jambes. J'en ai tellement envie, je suis si pleine de désir que je pense exploser au premier contact.

Je suis si mouillée qu'il se glisse facilement en moi malgré sa taille impressionnante. Mon sexe s'étire pour s'ajuster à sa circonférence, puis mes muscles se contractent sur lui. Il se met ensuite en mouvement et me donne des coups des reins.

La longue verge appuie aux bons endroits tout le temps et il passe une main sous moi pour me pincer un mamelon pendant qu'il va et vient.

— Écarte plus les cuisses ou je vais récupérer la lanière, murmure-t-il.

L'idée de recevoir plus de claques sur la peau tendre de mes fesses me fait crier de désir. Je remue les jambes pour les ouvrir plus.

— Fais-moi jouir, le supplié-je.

Il me donne une tape sur le derrière.

— Bientôt. Je te dirai quand.

Quelques secondes plus tard, toutefois, il m'attrape par les hanches.

— Quand tu veux, murmure-t-il avant de se lancer dans un rythme effréné, brutal et parfait.

Je me contracte et vais à sa rencontre. Les sensations grandissent en moi jusqu'à ce que j'explose si puissamment que je crie son nom à pleins poumons sans me préoccuper de qui pourrait m'entendre.

Il rugit sous son propre plaisir et s'effondre sur moi une seconde avant de rouler sur le côté en m'attirant dans ses bras. Nous demeurons étendus ensemble, haletants et en sueur. Je suis euphorique. La douleur résiduelle de la fessée et le contrecoup de mon orgasme me donnent des fourmillements dans tout le corps avec le plus merveilleux sentiment de contentement et de perfection. Je pourrais rester à jamais contre lui, en cet instant.

— Parfois, je pourrais jurer que tu me regardes, lui murmuré-je en espérant qu'il n'en prendra pas offense.

— J'ai appris à tourner les yeux dans la direction de la personne à qui je parle. Mes capteurs sont au même emplacement, ce qui m'aide à m'orienter comme s'ils fonctionnaient.

— Ils te disent quoi, en ce moment ?

Il me caresse la joue avec le pouce.

— La température de ta peau est plus chaude que la normale pour quelqu'un de ton espèce, ce qui indique que tu rougis, révèle-t-il avec un air satisfait. C'est à cause de moi, petite humaine ?

Je lui rends son sourire.

— Tu me vois sourire, Tarek ? lui demandé-je avec douceur.

Ses doigts parcourent mes lèvres.

— Mes capteurs me le précisent. Ce n'est pas comme le

percevoir avec mes yeux, bien sûr. J'aimerais savoir à quoi tu ressembles réellement.

Ses caresses se poursuivent sur mes pommettes, mes oreilles.

— De si petites oreilles, murmure-t-il. Je ne peux pas étudier les détails comme les couleurs. Les sourires. Les physionomies. Oh ! je peux te parler des ondes de lumière émanant d'un objet, si mes implants fonctionnent correctement. Je peux discerner si les lèvres d'un être sont tournées vers le haut ou le bas, si je me concentre et utilise mes systèmes d'analyse. Mais je n'ai jamais vu la tête d'une personne à qui je tiens. Ni la couleur du ciel.

Je touche moi aussi son visage, seulement parce que je veux savoir ce que ça fait de « voir » avec les doigts plutôt qu'avec les yeux. Il se tend au début, mais il se décontracte sous mes mains, un petit sourire dansant sur sa bouche.

Tout se termine trop tôt. Son communicateur sonne avec un bip répétitif ; il extirpe l'un de ses bras et y jette un œil. Il le repousse doucement et s'assoit.

— Habille-toi. J'ai une surprise pour toi.

Je hoche la tête, un peu étourdie. J'attends quelques minutes pour que mon corps s'ajuste à la réalité, puis je repère ma culotte et ma robe.

— Tu veux te rafraîchir ?

Il montre une porte sur le côté où se trouvent un lieu d'aisance et un tube de lavage.

J'aimerais garder ce sperme arc-en-ciel sur moi au cours de toute la rotation planétaire, mais ce serait inapproprié en société. Les humains, même sexuellement rassasiés, ne se baladent pas avec des taches de liquide séminal zandian sur les jambes. De plus, j'ai entendu dire que les Zandians ont des sens plus aiguisés. Les autres pourraient reconnaître l'odeur.

Après m'être rafraîchie, je reviens et remarque que Tarek a nettoyé toutes les preuves de notre rendez-vous et qu'il s'est rhabillé de manière très professionnelle.

Je cligne des yeux. Est-ce que ça sent le sexe, ici ? Le navigateur ouvre la lucarne, une brise vivifiante pénètre dans la pièce.

Chapitre Onze

T *arek*

Je prends la petite main de Zina dans la mienne. Je me sens soudain nerveux. Je suis certain qu'elle aimera ma surprise – mais je redoute le flot d'émotions que cela pourrait lui procurer.

— Viens.

Je la guide à l'extérieur et verrouille le dôme d'entraînement.

— On va où ?

— Au palais.

Je ralentis le pas quand je me rends compte qu'elle n'arrive pas à me suivre, son boitement s'accentue. Je suis tenté de simplement la soulever et de la transporter, mais je crains que cela attire trop l'attention.

De plus, elle est ma stagiaire, pas ma compagne.

Je ne peux pas en prendre une.

Le trajet – une petite marche – dure deux fois plus de temps que d'habitude au rythme de Zina et elle m'étonne en ne posant aucune question.

J'ai le sentiment qu'elle sait où nous allons – ou du moins qu'elle le souhaite –, mais elle a peur de le demander au cas où j'anéantirais ses espérances. Ou peut-être qu'elle est simplement du genre à aimer les surprises.

Ce n'est pas mon cas.

Je les déteste.

On atteint le dôme du palais et j'annonce au garde que nous sommes là pour voir Bayla.

Zina retient son souffle et lève les yeux vers moi. Je lui serre la main. Le soldat de faction nous emmène dans une salle d'attente confortable et nous demande de patienter.

— Tarek, as-tu... allons-nous...

C'est comme si elle craignait de poser la question.

— Oui, petite humaine. J'ai pris un rendez-vous avec le docteur Daneth et j'ai profité de mon temps dans son bureau pour formuler une requête pour que tu puisses rendre visite à Enya. Mais il s'avère qu'ils avaient déjà prévu de l'organiser. L'enfant ne s'adapte pas bien et elle s'ennuie terriblement de toi.

— Oh !

Zina couvre sa bouche d'une main. Puis elle se jette à mon cou.

— Merci, Tarek ! murmure-t-elle à mon oreille avant de déposer des douzaines de baisers sur ma joue et ma tempe.

Je l'enveloppe de mes bras en prenant soin de ne pas serrer trop fort ma délicate humaine.

J'espère seulement que cette réunion ne causera pas plus de douleur.

* * *

Zina

— Enya !

Tout mon corps est imprégné de joie. Je la serre aussi fort que possible.

— Oh, par la Terre ! Tu m'as manqué. Tout va bien ? Comment ça va ? Tout se passe bien ?

Je l'enlace, puis la relâche pour prendre son visage entre mes paumes. J'embrasse ses cheveux courts. J'examine sa jolie robe.

— Tu es si belle, chérie ! Ça va ?

Je n'arrête pas de lui poser la question. Et je ne parviens pas à m'empêcher de la serrer dans mes bras.

Nous pleurons toutes les deux et rions en même temps.

Je lève ma main tremblotante.

— Regarde ! Je tremble !

— Moi aussi !

Elle sanglote et me serre de nouveau.

— Zina, je voulais tellement te voir ! Je dois tout te raconter.

Elle a une odeur différente, et après un moment, je comprends qu'il manque quelque chose, ce n'est pas quelque chose en plus. Elle n'a plus cette senteur aigre de la sueur, entremêlée avec l'adrénaline froide qui enrobait notre peau quand on était sur la planète des Ocretians.

C'est un bon changement. Son visage est plus rayonnant. Plus ouvert.

— Tu sembles aller bien.

Je regarde attentivement sa figure.

— Toi aussi, répond-elle en m'examinant, heureuse.

— Je crois que ça va.

C'est surprenant, d'autant plus qu'elle me manquait terriblement, mais c'est vrai.

— Et toi ?

Elle pince les lèvres, lance un coup d'œil sur le côté et se raidit. Elle observe l'adorable jeune femelle qui est postée dans l'encadrement de la porte en se tordant les doigts.

Je bats des cils et fais un pas en arrière.

— J'aimerais rencontrer ta mère.

— D'accord. Viens.

Elle me prend la main, presque avec un air de défi. Elle redresse les épaules et lève le menton.

— Elle s'appelle Bayla.

— Je sais.

J'ai appris beaucoup de choses sur elle. J'ai réussi à extorquer son histoire à Mirelle, Abbi et Kara.

Je m'attendais à ressentir de la colère envers elle pour m'avoir tenue éloignée d'Enya, mais à l'instant où j'aperçois son visage, c'est de la compassion et une envie de l'aider qui m'assaillent immédiatement. Son expression est tellement pleine d'espoir, d'amour et de tristesse... des émotions que je reconnais au plus profond de moi.

Instinctivement, je la serre dans mes bras et même si elle est surprise au départ – je le remarque à la manière dont elle se raidit, elle se détend et me fait une accolade en retour. Puis nous pleurons toutes les deux.

— Merci d'avoir élevé et protégé mon bébé, dit-elle à travers ses larmes. Je suis désolée de ne pas t'avoir laissé la voir.

Elle lève la main, comme si elle ignorait quoi dire.

— Tout va bien, la rassuré-je. Je comprends.

Soudain, pour la première fois, c'est réellement le cas. Je regarde Enya.

— Je ne voulais pas te blesser.

Elle me touche le bras, la voix suppliante.

— Je le sais. C'est une fillette merveilleuse. Si forte ! Si courageuse ! Elle t'a expliqué la manière dont on s'est échappées ? Elle est la seule raison pour laquelle je suis ici. Elle m'a sauvé la vie aussi.

Je prends la main d'Enya.

Celle-ci sourit, fière. Timide. Je vois qu'elle désire épater sa mère.

— Tu le lui as raconté ?

Je lui touche l'épaule. Enya secoue la tête.

— Hmm, non. On n'a pas beaucoup parlé.

Elle jette un coup d'œil à Bayla. Se sent-elle coupable de quelque chose ? Elle affiche cette expression de quand elle a fait une bêtise.

— Tu serais tellement impressionnée ! Elle est féroce, cette petite.

Ma voix tremble, autant à cause des souvenirs que face à l'incertitude de l'avenir.

Enya regarde le sol et joue avec ses orteils.

— Je peux te parler seule à seule une minute ? demande Bayla en me touchant le bras.

— Oui, Enya, si ça ne te dérange pas ?

La fillette acquiesce.

La jeune femme m'attire quelques mètres plus loin et baisse le ton.

— Je veux t'expliquer. Quand elle est revenue, c'était tout ce que je désirais. Et je t'étais reconnaissante pour avoir été sa mère en mon absence. Mais j'étais aussi en colère et jalouse parce que tu m'avais remplacée.

Même pendant qu'elle me parle et garde un contact visuel avec moi, elle jette des coups d'œil pour veiller sur Enya. La fillette trace des motifs sur le sol avec sa chaussure, mais je suis presque certaine qu'elle ne rate aucune de nos paroles. Je connais ses habitudes et cela en fait partie. Elle est experte pour écouter aux portes. Elle se glissait toujours dans des groupes d'humains ou d'Ocretians, discrète, pour surprendre toutes sortes de commérages et d'informations. Mais je m'en moque. Au moins, cette fois, elle entend des personnes exprimant son amour pour elle.

Je prends la main de Bayla.

— Je te promets, elle a pensé à toi toutes les rotations planétaires. C'était son rêve de te retrouver.

Les yeux de Bayla se remplissent de larmes.

— C'est plus difficile que je le croyais.

J'inspire.

— J'étais très en colère contre toi. Mais je ne le suis plus.

— Non ?

Elle examine mon visage.

— J'ai été esclave et nourrice si longtemps : maintenant, j'ai la liberté de choisir ce que je veux. Et j'ignore ce que c'est. Prendre soin d'Enya et des autres jeunes n'était pas facile, mais c'est bien connu, ça.

Je prends une inspiration.

— Elle me manquait et j'étais en colère d'être écartée. Mais une partie de ma colère était due... à ma peur. De mon avenir. Je dois décider seule, en tant qu'être indépendant.

Elle acquiesce.

— Je vois.

— Je n'ai jamais rencontré ma mère, murmuré-je. Mais j'espère qu'elle éprouvait la même chose pour moi que toi pour Enya.

— Je sais que c'est le cas, dit Bayla en me touchant le visage. Toutes les mères aiment leurs petits.

— Je n'ai jamais eu de sœur non plus, avancé-je avec hésitation. Peut-être qu'ici, Enya pourrait être comme ma sœur ?

Je me tends un peu en attendant sa réponse.

— Ça me convient.

La voix de Bayla tremble.

— Moi aussi.

Enya est à côté de moi, maintenant, s'appuyant sur moi.

Elle ne nous a pas laissé d'intimité, bien sûr. Elle a tout entendu. Je le savais !

— En étant sœurs, on pourra faire des choses amusantes toutes les deux, lance-t-elle, pleine d'espoir. Pas comme ces exercices dans les champs et nos coupes de cheveux avec une pierre.

Elle sourit un peu.

— On pourrait simplement aller voir la rivière ou les cristaux sans avoir à parler d'éviter les Ocretians.

Sa voix tremble à travers son sourire, comme si elle craignait de demander ces choses.

— On pourrait seulement... vivre.

Mon cœur se brise.

— Oh, chérie, ce serait parfait ! Oui.

Elle me prend la main et l'examine.

— On dirait que tes coupures sont guéries. Les miennes aussi, dit-elle en essuyant ses yeux. Peut-être que maintenant qu'on vit ici, elles resteront comme ça.

Elle agite les doigts devant son visage. Je ris.

— On pourra peut-être décorer nos ongles avec la poudre d'étoile brillante qui semble si populaire dans le coin.

Nous sommes désormais toutes détendues. C'est comme si à la seconde où nous nous sommes tenues toutes côte à côte, les pièces du puzzle s'étaient emboîtées correctement. J'ai été là en remplacement et j'ai fait de mon mieux. Maintenant qu'Enya est avec sa véritable mère, nous sommes toutes les trois libres d'être nous-mêmes.

— Bon, d'accord.

Bayla tend les bras. Enya hésite, puis s'y blottit. Après une seconde, elle me fait signe. Je me joins à leur accolade et nous nous étreignons toutes les trois ensemble.

— Alors, peut-être... commencé-je en me souvenant du café où mangent les humains. On pourrait aller goûter des quartiers d'orange demain toutes les trois ? Après que vous aurez discuté toutes les deux ?

Enya me sourit.

— D'accord. Je vais tout te raconter à ce moment-là.

Elle se tourne vers sa mère, prenant soudain un air timide.

— Mais j'ai envie de te parler de l'histoire que Zina a mentionnée. La façon dont on s'est échappées. C'était vraiment fantastique !

— Je veux tout savoir.

Le visage de Bayla est si plein d'amour et de joie que j'en pleure presque.

Quand Tarek et moi partons alors qu'elles s'éloignent, je ne ressens aucune jalousie. Pour la première fois depuis mon arrivée sur cette planète, je suis en paix avec ce que j'appelais « le problème Enya ».

Chapitre Douze

T *arek*

— Argh !

Je grogne et suis haletant. Je me force à terminer la dixième série de cent pompes à une main.

— Fini.

Je m'étale sur le matelas et reprends mon souffle, je laisse la sueur me tomber dans les yeux pendant que mes muscles tremblent après l'effort. Ce dôme d'entraînement pour les navigateurs est ma maison. Je suis plus en paix ici que dans mon domicile, une chambre austère faite seulement pour dormir et m'habiller.

— Tu travailles plus que n'importe quel guerrier.

Le capitaine Drayk entre dans la pièce. Je sens sa forme en trois dimensions approcher et j'entends ses pas.

— Un esprit sain dans un corps sain.

Je me relève d'un bond et m'essuie le front avec une serviette absorbante.

— Ça m'aide à rester concentré.

— En parlant de ça, on a une mission importante – si tu donnes ton approbation.

— Oh ?

Je me tourne vers lui par respect, même si je saisis tout ce qu'il dit à la perfection.

— Depuis quand suis-je le facteur décisif ?

— L'équipe de construction a terminé le SatEsp1 et on voudrait le déposer dans le secteur Alpha 9.

— *Bordix*, le satellite-espion est prêt ?

Je jette ma serviette sur le matelas et m'avance.

— C'est incroyable ! Ça va changer la donne. On pourra intercepter les communications des Ocretians.

Mon pouls s'accélère sous l'excitation.

Il acquiesce.

— Notre brigade a mis au point notre technique de camouflage, mais ça fonctionnera uniquement si on peut l'installer assez près de l'espace aérien ocretian, autour de leur capitale, la planète Ock7. Ce sera un voyage risqué.

J'opine du chef, j'effectue des calculs dans ma tête.

— Seulement, il sera difficile d'aller sur place maintenant qu'ils ont perfectionné leurs drones anticamouflages. J'ai entendu que les Midraians ont perdu deux de leurs vaisseaux alors que leur technologie de dissimulation est aussi bonne que la nôtre.

— C'est dangereux. J'ai besoin que tu planifies notre point d'insertion et la façon d'y parvenir. Si nous pouvons nous y rendre sans mettre en péril notre bâtiment.

Je ferme les yeux pour me concentrer. Voyant ou pas, abaisser les paupières me permet de me recueillir en moi.

— Donne-moi quelques heures et je t'apporterai une évaluation honnête.

Je me lie à mon affichage mental et je commence à effectuer des simulations dans ma tête.

— Compris. Tiens-moi au courant.

Il s'éloigne.

Je l'entends s'en aller, mais j'arrête de suivre ses mouvements, puisque je suis complètement immergé dans mon esprit. Les chiffres tournent et dégringolent, manipulés par mes neurones. C'est mon domaine, j'y suis le maître et le créateur. C'est un espace où ma cécité n'a pas d'importance. Même ma confusion concernant Zina disparaît.

Zina

— Tu sais, j'adorerais sincèrement avoir une occasion d'essayer de naviguer sur un véritable vaisseau.

— Si je te laisse toucher un vrai bâtiment, tu pourrais le détruire, rétorque Tarek.

Au cours de cette rotation planétaire, il a une odeur poivrée qui ressemble un peu à la cannelle. J'ignore si c'est son parfum habituel, mais j'aime bien.

Je me rapproche et sens la chaleur de son corps. Je frissonne immédiatement.

— Mais souviens-toi que je me suis améliorée de vingt-sept points la dernière fois, lui rappelé-je.

— Mais souviens-toi que tu as commencé à un niveau particulièrement bas, m'imite-t-il. Alors... Bien que l'amélioration soit louable, c'est un changement trop progressif pour te permettre de tenter un test sur un vaisseau.

— Et dans le simulateur d'entraînement ? Je sais que vous en avez un.

Il fait chaud, aujourd'hui. Le vent est sec et rude. Avec le soleil brûlant, j'ai commencé à être en sueur rien qu'en marchant vers le dôme de navigation. Je m'essuie le front du revers de la main et je me sèche ensuite sur ma robe de coton.

— Ce n'est parce qu'il existe que tu dois y avoir libre accès.

Il examine mon corps.

Sent-il l'humidité que je viens d'éponger sur le tissu ? Et l'autre située entre mes cuisses, cette rosée créée seulement en songeant à lui ?

Je soupire et essaie de repousser ces pensées.

— Tu t'intéresses à la simulation ? Tu pourrais peut-être feindre d'être l'élève idéale. On va commencer par là.

Il enchaîne les traits d'humour caustique au cours de cette rotation planétaire. J'ai presque l'impression de converser avec un ami humain, sauf qu'il est bien plus grand, tout en muscle avec une peau violette et des cornes alléchantes. Et bien sûr, je ne souhaite pas que ces derniers me jettent sur le matelas d'entraînement et me prennent dans tous les sens. Et qu'ils me donnent peut-être la fessée pour faire bonne mesure.

Je me touche la joue.

— Je ne sous-entendais pas que je mérite des privilèges, précisé-je, même si j'en ai envie. On va faire quoi au cours de cette rotation planétaire ?

Je ne veux pas présumer que le plaisir est au menu, sauf que c'est arrivé les deux fois où nous nous sommes rencontrés. Mon pouls s'accélère devant la tension entre nous. Nous gardons nos attentes sous silence.

— Je refais le test une troisième fois ?

Il hésite. Mon cœur sombre. Je sais que je ne suis pas douée, vraiment pas, et bientôt, il devra me demander de partir. J'en suis consciente, lui aussi, tous les êtres de la planète sont au courant. Je prie pour que ce ne soit pas au cours de cette rotation, par la Terre ! Qu'on me laisse encore passer du temps avec lui.

La chance est de mon côté, parce qu'il soupire.

— J'ai eu une annulation, alors si tu veux observer le simulateur, je peux te le montrer, mentionne-t-il en penchant la tête comme si c'était une grande décision.

Il lève une main.

— Seulement si tu promets de ne toucher à rien, ajoute-t-il. C'est clair ?

— Je ne toucherai à rien.

Mirelle était si enthousiasmée par son fonctionnement ! Elle expliquait qu'elle avait l'impression d'être réellement dans l'espace. J'ai envie de le voir par moi-même. Même si je n'ai aucune aptitude en la matière.

— Alors, suis-moi.

Il désigne une entrée de l'autre côté du dôme ornée de lettres rouges : réservé au personnel autorisé.

Il tape sur son communicateur et les portes s'ouvrent, dévoilant dans une vaste pièce, luisante de blanc et d'argent. Différentes stations parsèment la zone, comme des petites oasis dans un immense désert, avec des machines qui semblent à la pointe de la technologie, un summum d'aéro-dynamique et de complexité, bien au-delà de ma compréhension.

Je retiens mon souffle.

— Par les étoiles !

— C'est quelque chose, hein ?

Il me regarde comme s'il voulait voir ma réaction. Il ralentit le pas pour m'attendre.

— Je vais nous enregistrer auprès de Drayk et de l'équipe.

Il fronce les sourcils.

— On dirait qu'ils font visiter les installations. Maître Seke est ici.

Des papillons prennent vie dans mon ventre.

— Oh ! Je comprends, on n'est pas obligés de le faire.

Il marque une pause.

— Ce serait mieux de reporter. Oh, ils nous ont vus ! *Bordix* !

Il marmonne quelque chose dans sa barbe.

— Viens. Par respect, allons les saluer, dit-il.

Il me conduit jusqu'au groupe et lève la main.

— Bonjour, maître Seke. Je crois que tu connais Zina, la nouvelle femelle humaine. Elle... euh... passe les tests de navigation.

Il dit la dernière partie de la phrase un peu plus vite.

Je déglutis péniblement et parviens à croiser le regard de maître Seke. La seule autre fois où j'ai interagi avec lui, c'était au cours de mon entretien pour obtenir le droit d'asile – quand il a approuvé mon séjour sur cette planète. Il a un rang élevé, il est l'un des meilleurs conseillers du roi Zander et il m'effraie légèrement.

— Zina, j'espère que tu t'acclimates bien.

Sa voix est profonde et puissante. Son expression est agréable, mais ses yeux sont perçants, ils m'évaluent.

— Je suis surpris que tu aies choisi d'étudier la navigation, ajoute-t-il. Comment s'est passé ton test initial de placement ?

Cinq autres Zandians l'accompagnent. Tous semblent intéressés. L'un d'entre eux se rapproche et m'examine des pieds à la tête, presque avec un nouveau respect.

— Euh...

La panique s'empare de moi. Je ne peux pas dire à maître Seke que le programme me pensait plus stupide qu'une pierre. Et s'il m'évaluait, avec ma stérilité qui pourrait être irréversible, ma mauvaise jambe et mon manque flagrant d'aptitudes techniques, et décidait qu'il a commis une erreur en m'autorisant à rester ? S'il me renvoyait ? Il me demanderait certainement de quitter le dôme d'entraînement au plus vite.

Mais avec tous ces yeux sur moi, je me bloque. La seule chose que je parviens à émettre est un son étrange et pathétique.

— Eurp.

— Pardon ? intervient maître Seke. Tarek prend uniquement les meilleurs.

— C'est ce qu'on m'a dit.

Oh, revoilà ma voix ! J'ai réussi à dire quelque chose. Voyez-vous ça ! Je m'éclaircis la gorge.

— Alors, mon score..., commencé-je.

Grâce aux étoiles, un brouhaha se fait entendre dans la pièce et une série de bips rapides se font entendre avant un autre plus strident. Un grand Zandian efflanqué sort la tête de derrière une aile partiellement assemblée.

— Désolé. Je testais les alarmes d'interconnexion pour les améliorer.

Il attire l'attention du conseiller royal.

— C'est le nouveau simulateur ? Vous l'avez perfectionné ?

— Oui...

Le mâle s'essuie les mains sur un torchon et avance, la tête inclinée.

— Avec ta permission, j'adorerais faire une démonstration.

— Je t'en prie.

Maître Seke lève le bras et le groupe le suit.

Tarek et moi les rejoignons et je jette un œil pour admirer la machine en présentation.

— Si vous regardez ce que je fais...

Le technicien appuie sur le côté de la petite bulle et le couvercle s'ouvre, sans bruit et sans heurt.

— Voilà, un cockpit complètement équipé avec une chaise de navigation, des écrans et des graphiques. Tout ce qu'on a dans les derniers vaisseaux. Un élève peut s'asseoir ici et utiliser les programmes de test et il aura le sentiment d'être réellement dans l'espace.

— Impressionnant ! dit Seke en se penchant en avant. Qui a dessiné les modes de simulation ?

— Moi, répond Tarek, plein de fierté. J'ai créé des répliques de voyage à travers la ceinture d'astéroïdes Beltran-3 pour que mes navigateurs à l'épreuve puissent utiliser les équipements, tout comme leurs réflexes sur des cas rares où tous les systèmes de soutien sont hors service.

— Excellent !

Le dignitaire rayonne.

Le communicateur de Tarek sonne.

— Excusez-moi. C'est mon commandant pour une question de travail, lui précise-t-il à maître Seke.

— Je t'en prie, répond celui-ci en hochant la tête, et le navigateur formateur s'éloigne.

Il est maintenant hors de portée de nos voix et parle dans son casque. Je le regarde quelques secondes jusqu'à ce qu'il disparaisse derrière une autre capsule d'équipement, puis je me retourne vers le groupe. Je me sens un peu perdue. Peu sûre de moi.

— Vous vous entraînerez peut-être bientôt là-dessus, indique Seke en s'adressant à tous les Zandians avant de revenir vers moi. Et toi aussi, puisque tu es dans le programme de navigation.

— Hum, hum, acquiescé-je, les joues rouges. Merci.

— Elle peut l'essayer tout de suite ? Avec ton approbation, bien sûr.

Seke se tourne vers le technicien.

— Hmm, je ne...

Je recule.

— Mirelle est venue ici des douzaines de fois avec ses élèves. Il est sûr, tant qu'on connaît les bases du vol.

Il sort du cockpit.

— Peut-être que quelqu'un d'autre serait plus apte.

Je m'étouffe sur les mots. Mais où est donc passé Tarek ?

— Tu conviens tout à fait. Si Tarek t'entraîne, nous avons toute confiance en toi.

Le tech me fait un signe de tête d'encouragement.

— Viens simplement ici et montre à maître Seke à quel point notre formation pour les humains est excellente.

— Je...

— ... ne veux pas décevoir maître Seke, intervient le technicien en jetant un œil au grand guerrier, avec une légère expression d'inconfort.

Son regard passe du commandant à moi avant de revenir vers le conseiller.

— Non, tout à fait. Ce n'est pas ce que je veux.

Je prends une bouffée d'air.

Je dois leur dire quelque chose. Comme : c'est une erreur, je ne peux pas le faire. Je ne suis pas qualifiée. J'ai mal au ventre ! Je dois aller aux toilettes. N'importe quoi.

Mais le technicien me fait signe de venir et m'indique le simulateur, j'avance lentement vers les lamelles d'argent et m'assois sur le fauteuil, qui s'adapte à mon corps. Je mets le casque. Des petits bips retentissent et il s'allume. Les écrans prennent vie devant moi et je pousse un cri de surprise.

— C'est tellement réel ! murmuré-je.

Je vais seulement regarder les moniteurs. Puis je vais retirer mon équipement et leur dire *Je suis sincèrement désolée, je ne peux pas le faire. Je ne suis pas prête.*

Je pose les mains sur le casque et commence :

— Je suis vraiment...

— Démarrez le programme un.

La voix du technicien est faible à travers l'appareil, qui occulte tous les bruits environnants. Je perçois le bourdonnement des moteurs et la capsule prend vie.

— Non, attendez... entamé-je, mais soit il ne m'entend pas, soit il m'ignore.

— Initialisation du logiciel. Le vol commence.

La navette vrombit, bipe et tremble légèrement comme si c'était un vrai décollage.

C'est exactement ce que j'ai ressenti lors de la mission de sauvetage. Je suis émerveillée et n'arrive pas à croire que c'est réel.

Mais quand la capsule pulse et que je sens soudainement que les forces gravitationnelles me plaquent à mon siège, je comprends que ça l'est bien, d'une manière brutale et déplaisante.

— Je suis ton capitaine. Tu vas faire la navigation comme si on effectuait un véritable voyage. On y va.

La voix du technicien est claire dans mon casque.

Devant moi, les astéroïdes tournoient et disparaissent dans leur propre orbite, certains d'entre eux sont entourés de gaz cirrhic, duveteux et légers, d'autres sont obstrués par des amas des cristaux de glace. Je m'empare des bras de mon fauteuil. Oups, ils sont couverts de boutons et de commandes ! Ai-je appuyé sur quelque chose ?

La capsule tressaille comme si j'avais été percutée et vacille sur le côté.

— Oh, on a été frappés par un météore anthracite !

La voix du technicien montre sa panique.

— Zina, tu as déjà retiré le mode automatique ? Tu es...

— Non, je n'ai rien fait !

Je touche l'écran devant moi. Où est le bouton pour arrêter tout ça ?

Le simulateur chancelle sur l'autre flanc, encore plus fort, et oscille follement en cercle.

— C'est comme si tu les visais. C'est ce que tu fais, Zina ?

— Je ne peux pas faire ça.

Je tente quelque chose avec les commandes, mais j'ignore quoi. Ça ne ressemble en rien au programme d'entraînement que j'ai fait avec Tarek. Déjà que je suis loin de le maîtriser ! Mais je n'ai pas la moindre idée de la façon dont tout ça fonctionne.

J'appuie sur un bouton devant moi.

La capsule hurle, métal contre métal, un rapport tourne quelque part dans ses entrailles, et le fauteuil me verrouille dans une douce emprise alors que le simulacre de vaisseau fait un tonneau. Et un autre.

— Zina ! C'est quoi, ce *bordix* ?

Le Zandian crie et des alarmes se font entendre.

— Annule ! Zina arrête tout de suite !

— Je ne sais pas comment ! Fais-le pour moi !

Je me penche pour regarder l'accoudoir.

— Avertissement. Une brèche de la coque est imminente. Avertissement. Remontez. Remontez.

Une voix automatique résonne dans mon casque.

— Zina, allez ! Reprends le contrôle.

Le technicien semble vraiment en colère. Il ne comprend pas que j'ignore ce que je fais ?

— J'ai besoin d'aide !

Je crie, mais mon hurlement est masqué par le son d'une sorte d'explosion.

Je tape furieusement sur l'écran, puis je remarque une étrange touche rouge sur le bas de la console. Elle est sous un couvercle de verre et arbore un symbole de danger. Elle ressemble un peu au signe « stop » que j'ai vu dans le dôme d'entraînement de conduite.

Alors, ça semble assez risqué. Et je veux que ça prenne fin.

Je relève le clapet, refoulant une vague de nausée quand la capsule se remet à tourner, j'appuie sur le bouton.

Il y a un arrêt brutal et je retombe en arrière, mon estomac se retourne. Pendant une seconde, je crois que tout est fini. La simulation est terminée.

Mais ensuite, j'entends un grondement féroce, comme une tempête arrachant d'énormes pylônes de métal d'une terre bien compacte et le fauteuil me maintient encore plus serré.

— La séquence d'expulsion de l'astronef a démarré, entonne la voix. Lancement de la capsule de survie d'urgence avec camouflage partiel. Trois, deux, un.

Puis je ne vois plus rien quand une coquille en forme d'œuf se referme sur mon siège et l'écran. Je suis projetée hors du simulateur.

* * *

Tarek

.   .   .

Je parle à Drayk quand le simulateur prend vie. Quelqu'un doit faire une démonstration pour Seke. Bien. J'espère qu'il sera impressionné par mon logiciel.

Puis le son change. Au lieu du doux bourdonnement des moteurs, j'entends le vacarme caractéristique indiquant des dégâts sur le vaisseau. C'est quoi, ce *bordix* ? Bien sûr, c'est une simulation, alors rien n'est vraiment endommagé. Mais on emploie des bruits réalistes pour reproduire complètement l'expérience. La personne qui navigue doit avoir fait de grosses erreurs, parce que...

— Je dois y aller !

J'appuie sur mon communicateur et je cours, seulement pour voir toute la capsule tourner sur son axe comme une roue ne tenant plus en place sur le chariot d'un enfant.

— Reprends le contrôle du programme ! crié-je au technicien. Ferme-le tout de suite !

— Je ne peux pas, elle a touché le bouton d'éjection. Je n'ai pas la main là-dessus.

— Le bouton d'éjection est activé ? Qui a autorisé ça ?

C'est elle ? Qui est là-dedans, bordix ! Vaudrait mieux que ce ne soit pas...

Avant que j'aie le temps d'analyser tout ça, quelque chose de terrible se produit. Tout le simulateur d'entraînement tremble et tressaute, puis la minicapsule d'urgence s'échappe à travers la coque et roule sur le sol à côté de notre groupe.

Sous nos yeux, le couvercle s'ouvre.

Et Zina en sort en titubant.

Elle tousse sous une âcre fumée bleue causée par le frottement de deux parties métalliques.

— Salut ! dit-elle.

Un ange passe.

— Je montrais mes talents à maître Seke, explique-t-elle avant de se remettre à tousser.

Personne ne parle. Je crois que nous sommes tous encore sous le choc, telles des statues. Tout est silencieux à l'exception des bruits métalliques et du crissement de la tôle froissée. Des tonalités et des bips du programme.

— Échec. Échec. Échec. Échec.

Puis je réagis enfin. Je lui attrape le bras, mon cœur bat la chamade.

— Zina ! Tu vas bien ?

Je lui touche le visage, les membres. Je pose mes mains sur ses épaules.

— Tu es blessée ? Allez chercher un médecin !

Je me tourne vers le guerrier le plus proche.

— Tout de suite ! insisté-je.

Quelqu'un tape sur son communicateur.

— Ils sont déjà en chemin.

— Je vais bien, intervient Zina d'une petite voix pleine de larmes. Je suis désolée. J'ignore ce que je faisais à l'intérieur. Et j'avais peur de leur dire que je ne savais pas comment ça fonctionne, alors, je me suis seulement installée là et ça a... commencé avant que j'aie la possibilité de prononcer le moindre mot.

L'expression de maître Seke reste de marbre. Zina lui jette un regard et toute son attitude s'effondre.

— C'était terrifiant, dit-elle d'une voix tremblante. Je suis désolée. J'aurais dû dire quelque chose.

— Mais qu'est-ce qui t'es passé par la tête pour monter dans cette cabine et prétendre que tu savais la piloter ? S'il t'était arrivé quelque chose...

Je la serre contre moi.

— Je n'ose pas l'imaginer, ajoute-t-il.

— Le technicien a affirmé que je devais le faire et je n'ai

pas voulu décevoir... maître Seke, avoue-t-elle en lui lançant un regard avant de poser les yeux sur l'épave du simulateur avec une grimace.

Je suis hors de moi.

— Par les étoiles, Zina ! Tu pourrais avoir des blessures internes.

Je la soulève dans mes bras. Je suis conscient que j'aurai de gros problèmes avec le conseiller royal, mais je m'en moque. Je dois emmener ma femelle dans l'aile médicale tout de suite pour m'assurer qu'elle est indemne.

Le maître d'armes n'a pas prononcé un mot. Je sais qu'il doit être plus qu'en colère, mais il a le plus grand self-contrôle de la galaxie. Plus tard, j'en suis certain, il me dira exactement ce qu'il pense de moi... et de la mauvaise formation que j'ai prodiguée à Zina.

Je cours du dôme vers l'aile médicale près du palais. De toute évidence, j'arriverai plus vite là-bas que les médecins que nous avons appelés sur le site.

— Tarek, je suis réellement désolée, dit Zina d'une toute petite voix.

— Pas un mot.

Je semble bourru, mais je ne suis pas en colère contre elle ; je suis tellement dans tous mes états, je veux m'assurer qu'elle n'est pas blessée. Et je le suis contre moi-même pour l'avoir mise dans une situation où ce genre de choses pouvait se produire.

Je la fais entrer dans l'aile médicale et l'installe sur un lit d'examen. Le docteur Daneth en personne se précipite et demande ce qu'il s'est passé.

Je le lui raconte pendant qu'il la branche à l'équipement de surveillance et à d'autres machines.

— Attends dehors, me dit-il d'un ton tranchant.

Je veux insister pour rester, mais ce serait stupide. Je ne

suis pas son compagnon. Seulement son maître, et c'est sûrement la dernière rotation planétaire où je le suis. À contrecœur, je quitte la salle d'examen et je ferme la porte.

Bien sûr, les choses empirent à ce moment-là.

— Tarek !

Maître Seke et certains des guerriers présents dans le dôme nous ont suivis.

Mon cœur sombre.

— Oui, maître.

Je le suis à l'intérieur.

Il ne met pas de gants.

— Pourquoi tu l'as prise dans la formation des navigateurs ? Elle est un danger pour les autres et pour elle-même. C'était une mauvaise décision.

Je baisse la tête.

— Je lui ai fait passer quelques tests et des sessions d'entraînement. Et elle était loin d'avoir les autorisations pour entrer dans le simulateur. Je n'ai pas donné mon aval. Tout ce qui s'est produit ici est le résultat d'un malentendu.

— C'est plus qu'un *malentendu*, répond-il d'une voix crispée. Ce sont des milliers d'heures d'efforts zandians qui ont été gâchés. C'est le parfait exemple de la mauvaise façon d'utiliser un dôme d'entraînement.

La honte et l'embarras que je ressens sont presque équivalents à ceux que j'éprouve quand je pense à mon père.

— Je m'excuse pour l'accident et la perte de ressources. Je jure sur ma vie que ça ne se reproduira pas.

Je n'ai aucun moyen d'expliquer ça ou d'arranger les choses. Bien sûr, je n'avais aucun contrôle sur les parties techniques de la capsule. Je ne la construis pas ni ne l'entretiens – seul le logiciel est de mon ressort. Mais j'ai emmené Zina là-bas, elle était sous ma responsabilité. Je me suis éloigné... juste assez longtemps pour qu'elle dévaste complètement cet endroit. Elle était mon élève et je l'ai laissé échapper à ma surveillance. Tout est ma faute.

— Pourquoi elle suit un entraînement ? demande-t-il d'un ton tranchant.

— Je... je n'ai pas de raison valable.

Au moment où je l'admets, mon visage est plus rouge qu'il ne l'a jamais été.

— J'ai été distrait par sa compagnie. Elle ne correspond pas d'un point de vue technique. Je vais la retirer immédiatement du programme de formation, avoué-je.

— C'est un peu tard pour ça, réplique-t-il sèchement.

Je grimace.

— Nous ferons une analyse à froid.

— Je suis responsable d'avoir entraîné un mauvais sujet. Nous avons besoin aussi, de toute évidence, de nouveaux contrôles et d'équilibrages pour tous ceux qui tentent d'entrer dans le simulateur. Et de meilleures autorisations.

— Sans aucun doute, soupire maître Seke. Des estimations pour le temps nécessaire aux réparations ?

Le technicien est à nos côtés.

— Un cycle lunaire, à peu près. Mais je dois dire que la capsule de sauvetage a fonctionné à merveille.

Il est débordant d'énergie et le regard brillant d'excitation.

— Je n'aurais jamais cru qu'on l'utiliserait aussi tôt, mais c'est parfait. Je n'aurais pas pu mieux la concevoir.

Maître Seke plisse les yeux.

— Et je suppose que tu es responsable de son activation ?

— Alors, je voulais seulement la tester plus tard, vous voyez.

Il rougit autant que moi.

— Après avoir demandé la permission. Quand on aurait

plus de capsules construites et en état de fonctionnement et avec un expert en navigation. Mais oui.

Il se racle la gorge.

— Elle était active alors qu'elle n'aurait pas dû l'être. Ni même conçue. Hum.

Il est hésitant sous l'expression de maître Seke. De toute évidence, je ne suis pas le seul à ressentir de la culpabilité.

— Programmez l'analyse. Je veux que vous soyez tous présents, ainsi que le capitaine Drayk. Nous allons voir comment corriger ça.

Le conseiller royal secoue la tête, puis fait un geste en direction des portes fermées.

— Des nouvelles de Zina ?

Mes tripes, déjà nouées, se serrent davantage.

— Pas encore, dis-je laconiquement. Je n'aime pas le temps que ça met non plus.

— Tenez-moi au courant, dit-il en partant avec le technicien.

Après ce qui me semble une éternité, le docteur Daneth ouvre et m'invite à entrer.

— Elle n'est pas blessée. Son niveau d'anxiété est élevé, mais elle n'a pas de fractures, d'ecchymoses ou d'affectation des organes internes.

— C'est génial !

J'ai toutefois le sentiment qu'il y a autre chose. Peut-être parce que mes capteurs m'indiquent qu'il me regarde avec les yeux plissés, comme s'il m'examinait.

— Elle est enceinte, par contre. Tu sais qui aurait pu s'accoupler avec cette humaine sans dispense ou permission ?

Zina s'assoit.

— Qu-quoi ?

Mon sang se glace dans mes veines. Je parviens à prononcer quelques mots malgré mes lèvres paralysées.

— Ce n'est pas possible ! Elle est stérile.

— J'ai retiré son implant la semaine dernière. C'est toi, le responsable ?

— Je... oui, articulé-je. Mais...

— De toute évidence, son système de reproduction était assez fort pour ne pas avoir besoin de se remettre, mais les hormones de l'appareil pourraient être dangereuses pour l'enfant. Je veux vérifier ses taux tous les jours pour m'assurer du bon déroulement de la grossesse et de la bonne santé de l'embryon.

Dangereux pour l'enfant.

Des souvenirs de mon père me reprochant le décès de ma mère me submergent. Je recule en titubant.

Non !

C'est impossible. Je n'étais pas supposé procréer. Jamais. Mon handicap pourrait lui être transmis. Zina pourrait en mourir. Mon petit pourrait naître aveugle comme moi.

Une rage sombre, une que je retiens depuis mon plus jeune âge, explose en moi.

Je me retourne vers Zina.

— Pourquoi tu ne m'as pas dit que l'implant avait été retiré ? tempêté-je.

— Ça suffit ! réplique le docteur Daneth de l'autre côté du labo.

Il est mon supérieur – un conseiller royal –, mais je m'en moque.

— Pourquoi tu ne l'as pas fait ? Tu voulais me piéger ?

Je sens ses larmes avant que mes capteurs me les indiquent. Ses lèvres tremblent.

— Bien sûr que non ! murmure-t-elle. Je-je ne savais pas...

J'entends seulement les battements de mon cœur. La noirceur écrasante d'être né handicapé. La rage de toute cette injustice.

Je me tourne et quitte la pièce.

La voix de Zina me parvient comme à travers une chute d'eau. Elle m'appelle, mais je continue, je cogne dans les murs, trop renfermé sur moi-même pour suivre les instructions de mes capteurs. Trop perdu pour savoir vers où je cours ou ce que j'essaie d'esquiver.

L'espace.

Je dois monter dans mon vaisseau et quitter cette planète.

M'éloigner de cette incroyable douleur. Fuir qui je suis et la destruction que j'ai causée.

Chapitre Treize

Z^{ina}

Cela prend quatre rotations planétaires avant que la peine se transforme en colère, mais quand c'est le cas, elle arrive en force.

Assez pour me faire sortir de mon dortoir et entrer dans la lumière. Assez pour que je nourrisse mon enfant à naître, malgré les nausées qui m'assaillent entre chaque repas.

Assez pour aller trouver Abbi et lui dire que je sais ce que je désire faire sur Zandia.

J'avance dans la salle commune où elle est assise. Je me poste devant elle, les poings sur les hanches.

— J'aimerais gérer une garderie. Pour les humaines qui ont besoin d'une pause ou qui voudraient travailler à temps partiel ou à temps plein.

Abbi me fixe avec surprise.

— Tu te sens mieux ?

Je repousse la question d'un revers de la main.

— Tu penses qu'ils me laisseraient faire ?

Elle décroise les jambes sur le siège en suspension où elle est assise et se lève.

— Oui, je suis certaine qu'ils adoreraient ça. Plusieurs femmes plus âgées, non reproductrices, sont nounous au palais.

Je grimace au terme *non reproductrice*.

— Je suppose que je n'en fais plus partie, hein ?

Je devrais être heureuse. C'est ce que j'ai toujours désiré tout en sachant que c'était impossible. Même si je n'avais jamais été stérilisée, les femelles esclaves ne peuvent pas garder leurs petits. Mon rêve d'avoir mon propre enfant à élever était voué à rester un fantasme.

Aujourd'hui, toutefois, il se concrétise.

Pourtant, la douleur dans ma poitrine ne disparaît pas.

Les mots tranchants de Tarek – sa colère en apprenant – ma grossesse déchire sans fin mon cœur. Il s'est envolé après avoir entendu la nouvelle. J'ai appris qu'il a précipité le départ d'une mission qui était seulement en cours de planification. Il n'est même pas sur Zandia. Et personne ne peut me dire quand il sera de retour.

Même si je n'ai pas posé la question.

Pas vraiment.

Mais ça n'a pas d'importance. Je n'ai pas besoin de lui pour avoir ce bébé et il ne mérite pas d'être dans sa vie, de toute façon.

Je me moque que mon précieux petit soit aveugle, ait une seule jambe ou naisse avec des cornes au mauvais endroit. Ce sera le mien. Mon jeune que je pourrai serrer dans mes bras et élever.

Abbi me regarde avec compassion.

— Tu n'es pas une reproductrice. Tu es tombée enceinte en prenant du plaisir avec un beau guerrier. Pas vrai ?

J'inspire et acquiesce.

— Oui. C'est beaucoup mieux. Merci.

— Il y a d'autres Zandians là dehors qui seraient certainement heureux de revendiquer une femelle en tant que compagne, même si l'enfant qu'elle porte n'est pas le leur.

Je secoue la tête.

— Je n'ai pas envie d'un mâle quelconque. Je peux m'en occuper toute seule. Si on m'y autorise, cela dit.

Abbi hausse les épaules.

— Tout doit passer par le roi Zander. Mais c'est un chef bienveillant et il écoute sa compagne humaine. Tu dois simplement savoir ce que tu veux faire, puis demander son approbation. Il peut y avoir des modalités, un Zandian peut être désigné pour t'encadrer pour s'assurer que le petit et toi intégriez la société zandianne.

Mon estomac se retourne. Je ne souhaite pas qu'un autre que Tarek me contrôle, mais non – il a eu sa chance.

— Il pourrait t'ordonner de prendre Tarek pour compagnon. Tu dois te préparer à cette éventualité. Si tu ne veux pas de cette possibilité, dis-le clairement.

— Tarek ne l'envisage pas, répliqué-je amèrement. Et moi non plus, ajouté-je.

Abbi avance et me touche le bras.

— Donne-toi au moins du temps avant de décider. Il était choqué par la nouvelle. Et on peut comprendre qu'il ait peur que le bébé soit aveugle comme lui. Mais ça ne veut pas dire qu'il ne changera pas d'avis et qu'il ne fera pas un merveilleux compagnon et un bon père.

Mes yeux piquent tant je désire que ce scénario se réalise. Mais je ne supporterais pas d'être piétinée encore une fois. Tarek n'a cessé de m'abandonner.

Je secoue la tête.

— Il a eu sa chance. Je préférerais que le roi Zander m'affecte à un ou des mâles plutôt que de m'ouvrir à nouveau pour me retrouver le cœur brisé.

C'est un mensonge. Je le sais à l'instant où je le dis, mais Abbi acquiesce.

— Je vais te demander une audience pour la prochaine visite royale.

Je déglutis pour faire passer la douleur en moi. Il est temps que je sois forte pour mon bébé.

* * *

Tarek

Je suis comme anesthésié depuis plusieurs rotations planétaires. J'ai l'impression d'être sous l'eau. Ou dans une atmosphère où la gravité est bien plus forte que celle de Zandia. Chaque mouvement me demande des efforts. Chaque mot est difficile à articuler.

Merci, *bordix* ! J'ai mis de la distance avec Zina. Pour avoir du temps pour réfléchir.

Seulement, je n'y arrive pas. Je fonctionne à peine.

Et le reste de l'équipage compte sur moi et mes aptitudes améliorées pour traverser cet atroce champ de débris et pouvoir implanter nos appareils-espions.

Le bruit dans ma tête – cette noirceur mugissante que j'essaie de rassembler et de repousser pour réussir à travailler – rend toute pensée impossible.

— Tu es prêt à entrer dans cette décharge stellaire, Tarek ? me demande Benn.

Nous sommes en vol stationnaire au-dessus de la zone

d'exclusion aérienne depuis une rotation planétaire, attendant une ouverture. Mais elle ne vient pas. De plus en plus de débris s'accumulent et ils se densifient. C'est la raison pour laquelle c'est un endroit parfait pour déposer nos mouchards.

De cette façon, si les Ocretians décident d'attaquer Zandia – et avec nos relations diplomatiques de plus en plus difficiles, cette probabilité augmente –, alors, nous serons au courant.

J'inspire profondément par les narines et expire. Mon roi et mon espèce comptent sur moi.

— Entrons, dis-je.

— Tu es sûr ? demande Benn. Il vaudrait mieux annuler plutôt que de prendre le risque d'être tués ou capturés. Ce n'est pas une mission cruciale.

Benn et son meilleur ami, Gorde, partagent une humaine sur Zandia et elle leur a donné un enfant unique avec leurs deux ADN. Je sais qu'il songe à sa compagne, Danica, tout en évaluant les dangers.

J'ai l'impression qu'on me plante un couteau en plein cœur en y pensant.

Bordix !

J'ai aussi mon petit à prendre en considération...

Non. Je ne peux pas partir dans cette direction maintenant.

C'est tout simplement impossible.

— J'en suis sûr. Mets ton harnais.

J'attache le mien correctement et porte mon attention sur toutes les données affluant dans mes capteurs.

Je peux le faire. Pour Zandia.

— On entre.

Benn retient son souffle quand le vaisseau fonce en avant, dans le champ miné de débris. Je manœuvre rapide-

ment, en haut, en bas, à droite, devant. Des dangers potentiels viennent dans toutes les directions, mais je les évite
tous, ma confiance en moi revient au fur et à mesure qu'on
avance.

Je suis né pour ça. C'est le seul endroit où ma cécité
n'est pas un préjudice, mais un avantage. Mes capacités
spéciales. Mes superpouvoirs, en quelque sorte.

Le temps ralentit. Je fonce dans et hors des interstices
entre les débris jusqu'à ce qu'on parvienne de l'autre côté.
Directement dans l'espace aérien ocretian, où se trouve une
faille dans leur propre système de surveillance.

— On est entrés, confirme Benn à maître Seke, resté sur
Zandia.

— Bien joué, Tarek ! me félicite notre maître d'armes.

— Camouflage activé, dit Benn en poussant l'interrup-
teur. On devrait pouvoir passer au-dessus de leurs bases
militaires et lâcher notre équipement.

— Faites-moi un rapport quand ce sera fait, dit notre
chef. Ne vous faites pas prendre.

En effet. Notre capture déclencherait une guerre entre
Zandia et Ocretia. Notre espèce n'est pas encore prête pour
s'engager contre une autre superpuissance dans la galaxie.
Pour l'instant.

— Mieux vaut mourir plutôt que d'être prisonnier,
marmonne Benn.

Je sais qu'il pense à nouveau aux siens.

Bordix ! Pourquoi maître Seke a-t-il choisi un mâle avec
une famille pour cette mission ? On peut se passer de moi –
pas de lui.

Sauf que je ne suis pas sacrifiable.

Cette pensée me frappe comme un coup de poing dans
les tripes. J'ai essayé de feindre de ne jamais avoir appris la
grossesse de Zina. De faire comme si je n'avais jamais connu

cette humaine qui a pris ma vie et mon cœur dans la paume de sa main.

Moi aussi, j'ai un petit à la maison. Et à cause de ma déficience génétique, sa mère pourrait ne pas survivre à cet enfant.

Le désespoir qui me submerge me plie pratiquement en deux de douleur.

Zina

Je ne peux pas la perdre.

N'y pense pas.

J'ai une mission pas encore accomplie.

Quand je serai de retour, je pourrai affronter la situation que j'ai fuie comme un lâche.

Je navigue vers le premier site militaire, en prenant soin de rester hors de portée, même si nous sommes camouflés.

— On devrait être assez près, dis-je à Benn.

— Démarrage du dépôt des satellites-espions.

Après quelques instants, il annonce :

— Largage effectué. On passe au suivant.

Nous poursuivons sur toute la rotation planétaire, jusqu'à ce que nous les ayons tous installés. Nous quittons à peine le dernier emplacement et retournons vers le champ de débris quand un tir frappe notre vaisseau et explose, provoquant une boule de feu.

Une sonnerie résonne. De l'eau jaillit des gicleurs.

— On est touché ! crie Benn à travers les communicateurs. Je répète, on est touché !

J'actionne les commandes, mais elles ne répondent plus. Nous sommes en chute libre.

Vers le sol ocretian. Si nous survivons, nous ferions mieux de prendre du poison et de mettre fin à nos vies plutôt que de donner aux Ocretians une preuve quelconque de notre perfidie.

Je continue de manipuler les leviers en espérant pouvoir faire atterrir ce vaisseau d'une manière ou d'une autre.

— Danica !

Benn appelle sa compagne pour lui dire au revoir.

Oh, *bordix* !

Je détache mon harnais et je me remets avec difficulté sur mes pieds. Il doit y avoir un moyen de se sortir de là.

Réfléchis, Tarek, réfléchis !

— Danica, je t'aime…

Et mon petit ? Je ne le ou la rencontrerai jamais. Et si ma précieuse Zina ne survit pas, il ou elle sera orphelin. Et c'est cette pensée, plus que toute autre, qui me fait prendre ma décision. Je ne suis pas prêt à abandonner et à mourir plutôt que de risquer l'emprisonnement. On doit se battre pour s'en sortir.

Bordix, non !

J'active l'oxygène de mon casque de vol et je sécurise mon costume de pilote. Je tire Benn hors de son fauteuil et m'occupe aussi du sien.

— Benn, qu'est-ce que c'est ? Qu'est-ce qui se passe ? Il y a le feu ?

La panique de Danica m'extirpe de la prison de stupidité dans laquelle je me suis enfermé.

J'ai une femelle. Je devrais l'appeler. Qu'est-ce qui ne va pas chez moi, *bordix* ? Je traîne Benn vers la capsule de survie et le jette dedans.

— On s'écrase, Danica. Marea, papa t'aime. Souviens-toi toujours de ça, ma chérie.

Sa voix est étranglée quand il parle à sa minuscule petite.

J'essaie d'activer mon communicateur pour contacter Zina, mais je me rends compte qu'elle n'en porte pas. Quel genre de maître suis-je pour elle ? Je ne lui ai pas fourni un tel appareil.

J'appuie sur le bouton de la capsule de survie et elle file dans l'atmosphère. Nous sommes trop près de la terre pour nous mettre en orbite. Nous descendons à toute vitesse vers Ocretia, attirés par la forte gravité de cette planète dévastée.

Benn me fait face et m'adresse le salut traditionnel de Zandia.

— Pour Zandia.

Et voilà ! Une fin encore plus rapide que ce que j'avais imaginé.

— Pour Zandia, marmonné-je.

Zina

Non, je refuse d'y croire !

Je commence à courir au moment où Abbi me l'annonce, je me précipite à ses côtés vers le palais, où j'ai été convoquée pour une réunion.

Le vaisseau de Tarek s'est écrasé. Il est captif ou mort.

Comment ça a pu arriver ? Mon fort et brave guerrier capturé par les horribles Ocretians. Le père de mon enfant à naître.

C'est impossible !

Je pensais avoir peut-être tourné la page et m'être résolue à élever ce petit sans lui. Résolue à me donner à un ou plusieurs mâles, mais je sais que c'est absurde.

Je suis faite pour Tarek. Et il est mien.

J'en suis convaincue.

Il doit revenir. Il ne peut être tué ou capturé.

Nous arrivons au palais et on nous dirige vers une salle de conférence. Une autre humaine s'y trouve. Elle tient un bébé métis bien dodu. Un grand Zandian est assis près d'elle, son bras protecteur l'entoure, le visage pincé par l'inquiétude.

Maître Seke entre.

— Je voulais vous faire le compte rendu personnellement, puisque vous êtes les proches des guerriers prisonniers.

J'éclate en sanglots. C'est trop. Je suis reconnaissante d'être considérée comme étant de la famille, mais cela me détruit de perdre Tarek, d'abord à cause de sa colère contre moi, maintenant alors qu'il est aux mains des ennemis.

À ma grande surprise, la porte s'ouvre, Enya se glisse à l'intérieur et prend place sur le fauteuil à côté de moi. Quand elle me prend la main et la serre, mes forces me reviennent.

— J'ai eu une communication holographique de Benn juste avant qu'ils s'écrasent.

— J'aimerais voir ça, dit maître Seke.

La jeune maman appuie sur un bouton de la menotte à son poignet et un hologramme jaillit au centre de la table. J'émets un cri de surprise. Je me couvre la bouche en regardant l'horreur défiler devant nous. Le vaisseau est en flammes. L'image du guerrier est indistincte dans la noirceur après leur perte d'énergie. Tarek bouge derrière lui, sa présence géante est aussi identifiable dans l'obscurité que dans la lumière. Il aide Benn à mettre son casque et l'attire dans une sorte de capsule de survie pendant que son collègue fait des adieux étranglés à sa compagne et à sa petite.

L'autre humaine et moi ravalons des sanglots quand

c'est terminé. Elle me lance un regard reconnaissant et me serre la main.

— Moi, c'est Danica et voici mon compagnon Gorde et notre jeune, Marea.

— Zina, dis-je. Et voici Enya.

— D'accord.

Maître Seke croise les bras sur son torse.

— Nous savons qu'ils ont réussi à sortir du vaisseau avec la capsule de survie en vie. Depuis, nous ne sommes pas parvenus à les localiser. J'ai envoyé cinq bâtiments aux abords de l'espace aérien ocretian, prêts à amorcer un sauvetage si nous pouvons déterminer leur position et leur situation. Ils ne sont pas présumés morts.

— Je demande la permission de faire partie de l'équipe de secours, intervient Gorde.

Maître Seke se pince l'arrête nasale.

— Refusé, Gorde. Je suis désolé. Ce ne serait pas juste envers Danica et Marea de mettre en péril vos vies à tous les deux au cours de cette opération. C'est pour ça que je ne vous envoie pas en même temps dans des missions dangereuses.

Un muscle tressaille sur la mâchoire du guerrier, mais il acquiesce.

— Oui, maître.

— Vous pouvez regagner vos domiciles, mais si vous souhaitez demeurer ensemble et veiller au palais, dame Lamira vous invite à le faire. Toute information vous sera communiquée.

Maître Seke incline la tête avec respect et quitte la pièce.

Je prends une inspiration.

— Je reste, dis-je immédiatement.

— Bien. Je veux être avec toi.

Enya me serre la main.

Je la lui serre aussi.

— Nous restons également, indique Danica, de nouvelles larmes dans les yeux. Et nous allons continuer à prier notre douce Terre et la véritable étoile de Zandia pour leur retour sains et saufs.

Je me touche le ventre, imaginant pouvoir sentir le minuscule embryon en moi.

Tarek doit revenir.

Pour nous deux.

Chapitre Quatorze

T*arek*

Notre capsule de survie chute dans l'atmosphère ocretianne, mais je ne suis pas là. Je suis de retour dans la salle d'examen, j'apprends que je vais devenir père.

Je sens l'odeur des larmes de Zina quand je l'ai accusée de m'avoir piégé.

Comment ai-je pu être un tel idiot ?

Lors du dernier moment que j'ai eu avec l'unique femelle que j'aie jamais aimée, je l'ai fait pleurer. Et elle porte un jeune que je ne connaîtrai jamais. Elle sera toute seule – sans moi pour prendre soin de notre famille, la protéger et m'en occuper. *Bordix*, ça me tue !

Benn est repassé en mode guerrier, il a pris les commandes limitées de la capsule pour essayer de ralentir notre descente et effectuer une sorte d'atterrissage.

Ocretia est une planète morte, entourée d'un ciel pollué, gris et sans soleil. Si nous survivons à notre accident, nous serons certainement interceptés par la police ocretianne et nous deviendrons des prisonniers politiques torturés et exécutés.

Quand nous sommes assez près, Benn relâche le parachute, mais il ne s'ouvre pas.

— *Bordix !* lance-t-il entre ses dents serrées. *Bordix, bordix, bordix !* On va s'écraser.

Il manœuvre frénétiquement les commandes pour stabiliser l'appareil afin qu'il arrête de vriller.

J'active mes capteurs pour scanner la zone de notre crash.

— Inhabité, rapporté-je laconiquement. Aucune forme de vie apparente dans les environs.

Je continue de surveiller.

— À quatre-vingt-deux degrés, il y a une déchèterie. Ça pourrait nous fournir un coussin pour l'atterrissage, proposé-je.

— Ou nous tuer, marmonne Benn.

Il a raison. Les poubelles ne sont pas forcément moelleuses.

— Laisse-moi faire, lui ordonné-je en prenant les commandes.

Je pourrais peut-être naviguer à travers les amas de détritus, en frôlant seulement les bords pour nous ralentir. Je change l'angle d'entrée pour le mettre à l'horizontale, mais nous arrivons toujours trop vite.

J'utilise les données de mes capteurs pour esquiver les matériaux, faisant rebondir l'extérieur de l'appareil sur les obstacles sans les frapper de plein fouet. Notre véhicule tape et ricoche si fort que mes organes percutent mes os et que le harnais me déchire la peau, mais je continue.

Le temps ralentit. S'allonge.

Je manœuvre sans respirer, mon cœur ne bat plus jusqu'à ce que la capsule dérape et fasse un bruit sourd en s'arrêtant.

— On a réussi ! crie Benn en ouvrant l'écoutille. C'était un incroyable pilotage, Tarek. Je pensais qu'on allait s'écraser et partir en flammes.

Il tire son épée zandianne et sort, il tourne la tête de droite à gauche pour examiner les alentours.

— Toujours aucun signe de vie, l'informé-je. Ni aucun vaisseau au-dessous de nous ou en approche.

— Alors, détruisons la capsule et trouvons-nous un endroit sûr pour élaborer des plans.

Je m'extirpe et nous insérons un détonateur dans l'habitacle. Il est plus important de réduire immédiatement en cendres toute trace prouvant qu'on a franchi la frontière ocretianne que de sauver tout ce qu'on pourrait récupérer à l'intérieur.

Nous fuyons notre véhicule et nous préparons à l'explosion. Quand il s'enflamme, nous ne regardons pas en arrière.

* * *

Zina

L'endroit où nous sommes invités ressemble à une salle de prière. Ou à une aire de méditation. Elle a une forme de dôme avec une lucarne ouverte et un cristal zandian géant suspendu au plafond. Ce dernier projette un prisme de lumières peignant toutes les surfaces.

On nous offre, à Danica et moi, des lunettes pour protéger nos yeux de l'éclat amplifié du cristal. La reine est aussi à l'intérieur, allongée sur un fauteuil, et elle s'imprègne de sa lueur.

— C'est un bain de lumière zandian, nous explique Gorde quand nous entrons. Les Zandians ont besoin de cristaux pour alimenter leurs corps. Les anciens en ont créé un comme ça pour la capsule royale avant que l'on récupère notre planète. Tous les Zandians de la galaxie étaient invités à venir une fois par semaine pour se baigner et se restaurer.

Dame Lamira, la compagne de Zander, se redresse et tourne la tête vers nous.

— Ils sont vivants.

Danica a un cri de surprise.

Moi, je pleure.

— Comment peux-tu le savoir ?

— Notre reine a une vue spéciale, m'informe Gorde, bien que j'aie déjà entendu des histoires à ce sujet. Le cristal l'amplifie.

— Je pensais qu'on pourrait veiller ici, explique Lamira. Au cas où je recevrais des images ou des renseignements.

— Tu en as eu ? murmuré-je.

Elle secoue la tête.

— Je sais seulement qu'ils sont en vie. Je sens toujours leur énergie.

Des larmes me brûlent les yeux.

— Comment les ramener ?

— Je l'ignore, répond la reine. Mais je vous dirai tout.

Un serviteur zandian fait le tour de la pièce et allume des bougies derrière des cristaux, projetant encore plus d'arcs-en-ciel dans la salle. L'énergie palpite dans mes cellules et au fur et à mesure, certains des terribles blocs dans ma poitrine fondent.

Je m'installe lentement dans un fauteuil, ramène mes

genoux contre mon torse et je me balance, comme une enfant. Enya, qui a échangé de rôle avec moi, me frotte le dos.

— Il est vivant, me dit-elle calmement. Tout va bien se passer.

Chapitre Quinze

T *arek*

— En approche.

Mes capteurs repèrent un autre vaisseau ocretian de patrouille scannant la zone à notre recherche. Benn et moi plongeons dans un gros baril de déchets pour attendre. Nos tenues de pilote devraient masquer nos signatures thermiques, mais qui sait quel genre d'équipement ils ont pour nous détecter !

Nous patientons jusqu'à ce que je ne perçoive plus aucun danger.

— Allons-y, lancé-je après quelques secondes.

Depuis trois rotations planétaires, nous errons dans les amas de détritus, nous nous affairons à réparer un vieux vaisseau de marchandises avec des pièces que nous trouvons dans la décharge. Le bâtiment est ancien et n'a aucune capacité de navigation. Il n'est pas fait pour être emmené hors de l'atmosphère, mais il pourrait nous transporter à l'extérieur de l'espace aérien ocretian, où on pourrait au moins récupérer les communications et demander une assistance sur Zandia.

— Regarde, Tarek ! Je veux dire...

Benn tousse d'embarras.

— Je *regarde*, répliqué-je sèchement en tournant la tête dans sa direction. C'est une résistance ?

— Oui ! Je pense qu'on pourrait le faire démarrer avec ça.

— Super !

Je le rejoins au pas de course et ensemble, nous revenons à pied vers le vieux vaisseau de marchandises.

Benn l'installe.

— Très bien.

Il entre. Il tente d'allumer les moteurs.

Rien.

— Nooon, gémit-il.

Il retourne à l'extérieur d'un pas lourd pour travailler sur les pièces.

Après trois autres essais, le véhicule reprend vie. Je ne peux interpréter aucune des données parce qu'il n'a pas été programmé pour s'appareiller avec mon système de capteurs. Je ne peux donc que patienter en retenant mon souffle, pendant que Benn effectue toutes les vérifications.

— Je pense qu'il va pouvoir voler ! lance-t-il après avoir tout testé.

— Et les communications ?

— Elles sont opérationnelles. On devrait pouvoir prendre contact une fois que nous aurons quitté la planète.

— Essayons.

Mon estomac fait des nœuds. Je scanne les alentours.

— Je ne vois rien avec mes capteurs.

— On amorce le décollage.

Benn élève lentement le cargo dans les airs. Il est vieux et lourd, mais quand il gagne un peu d'élan, le métal arrête de trembler et il prend de l'altitude.

Nous sommes près des limites de l'atmosphère quand je détecte trois vaisseaux de combat accélérant dans notre direction.

— Des ennemis en approche, ils sont rapides. On ne pourra pas les distancer.

— Et il n'y a aucun système de défense sur ce truc, riposte Benn entre ses dents. Si on va tout droit, on sera dans le champ de débris. Cette chose n'a pas la vitesse ni les capacités de navigation pour être maniée comme tu l'as fait à l'aller.

Les vaisseaux de combat se rapprochent.

— Donne-moi les commandes, répliqué-je en les saisissant quand il se décale.

Je nous fais franchir la limite de l'atmosphère. Nous sommes immédiatement frappés par un morceau de métal. Le bâtiment tournoie.

Je mets tous mes efforts pour nous en sortir, évitant de justesse trois éléments qui passent devant nous.

— Alors, la bonne nouvelle avec le champ de débris, c'est qu'ils ne nous y suivront pas.

Je tire sur les commandes pour esquiver un autre objet qui fonce à toute allure.

— Et la mauvaise est que si nous sommes frappés par un truc assez large pour nous faire quitter cet espace, nous n'aurons pas de capsule de survie, cette fois.

— Utilise les communications. Je nous garde dans les airs.

Il y a des moments où il faut réussir à tout prix. La mort

n'est pas une option – pour aucun de nous deux. Nous avons des petits à la maison.

Je me sers de toutes mes aptitudes acquises grâce à mes implants pour éviter qu'on soit écrasés pendant que Benn envoie un signal de détresse sur la fréquence zandianne.

— Bien reçu, Benn. Quelles sont vos coordonnées ?

La voix tranchante du capitaine Rok nous parvient immédiatement, comme s'il attendait qu'on prenne contact.

Merci, *bordix* !

— Indéterminée. Nous sommes dans le champ de débris dans un vaisseau fonctionnant à peine, l'informe mon collègue.

Je tente tant bien que mal d'estimer notre position avec les données transmises par mes capteurs.

— Bien reçu. Nous sommes à vingt-trois lieues de l'espace aérien international et on voyage à cinquante-neuf degrés. On vous donne rendez-vous là et on éliminera toute menace éventuelle avant votre arrivée.

— Bien reçu. On va faire de notre mieux pour passer, annonce Benn.

Je hoche la tête pour marquer mon acquiescement. Je n'ose pas détourner mon attention du champ de débris ne serait-ce qu'une microseconde.

J'ai les paumes moites, le souffle court et régulier pendant que je navigue entre des couches interminables d'objets dangereux.

Mon compagnon reste silencieux.

J'ai besoin de toute ma concentration simplement pour nous éviter les chocs. Nous subissons de nombreux coups par des petits débris alors que j'esquive les plus gros. J'ai l'impression qu'il me faut une éternité pour manœuvrer, mais enfin, nous sommes proches des coordonnées que nous a indiquées le capitaine Rok. Sauf que le champ s'épaissit. Nous n'avons pas d'issue.

Je tourne et vire, j'essaie de revenir en arrière.

Bordix !

Je ne peux pas passer. C'est trop dense.

— On vous a sur nos radars, annonce le capitaine Rok. On arrive.

— Non... Surtout pas ! aboyé-je.

Ils n'y survivraient pas non plus.

Benn lance un cri de surprise et, un instant plus tard, je comprends pourquoi – un tir est émis juste devant nous.

— Ils tirent sur les débris ! s'exclame mon comparse.

— Tenez votre position du mieux que vous le pouvez, ordonne Rok. On essaie de nettoyer le passage devant vous.

Je remarque leurs vaisseaux – ils sont trois, volent en périphérie et font exploser les obstacles.

Peu de temps après, je vois un chemin.

— J'avance ! m'écrié-je.

Ils cessent le feu et j'envoie les gaz pour donner la puissance au vieux bâtiment, qui est affreusement lent.

— Tu as réussi ! *Bordix*, tu as réussi, Tarek ! crie Benn. J'ai de la chance d'avoir été piégé dans un champ de débris avec la seule personne de la galaxie capable de naviguer dedans !

Cela me prend un moment pour assimiler ses paroles. Les trois vaisseaux zandians nous entourent et magnétisent le nôtre pour nous sortir de là. Pendant que mes jointures blanches relâchent les commandes, je réalise la signification des mots de mon collègue.

On en a réchappé grâce à mon handicap. Grâce à mes compétences différentes.

Je ne suis pas défectueux. J'ai... de grandes aptitudes, je suis capable et spécial, en quelque sorte.

Zina avait raison – j'ai utilisé ma cécité comme un bouclier pour garder les gens à distance. Je m'en suis servi pour me refuser la possibilité de la prendre pour compagne. Ou d'avoir une famille.

Et maintenant, j'ai une seconde chance.

J'inspire profondément et expire. Benn me donne une tape dans le dos et je me joins à la fête.

Nous sommes vivants.

Nous rentrons à la maison.

Nous avons tous les deux des êtres chers qui ont besoin de nous.

* * *

Zina

Je tremble en attendant sur le tarmac que le vaisseau atterrisse. Gorde, Danica et Marea sont aussi là. Enya et Bayla arrivent également. La fillette est debout à côté de moi et me tient la main. Merci à notre douce Terre pour sa présence parce qu'une part de moi a envie de m'enfuir. Je rentre chez moi à trois reprises, mais chaque fois, je me retrouve à nouveau ici.

Quand j'ai entendu que Tarek s'était échappé et était en vie, j'en ai pleuré de joie. Mais maintenant que je dois l'affronter, le gouffre entre nous semble si vaste ! Ma colère contre lui est revenue. Il n'est peut-être pas mort, mais rien n'a changé. Il ne veut pas de moi ni de ce bébé.

Le vaisseau descend et nous nous penchons pour contrer le déplacement d'air. Nous mettons nos bouchons d'oreille pour les protéger du sifflement des moteurs. Ces derniers s'éteignent et la coque s'ouvre.

À l'instant où la forme impressionnante de Tarek apparaît dans l'embrasure de la porte, une boule se forme dans ma gorge. Je sens des larmes brûlantes monter, mais j'avance.

Il tourne ses yeux aveugles dans ma direction et chemine vers moi. Le soulagement m'éperonne quand je remarque qu'il ne me fuit pas. Ou peut-être que c'est mon besoin de parler pour mon bébé à venir. Je me plante devant lui et gifle son visage lavande.

Il s'arrête, surpris.

— Zina ! s'étouffe-t-il.

Je lève une main.

— Non. Je ne veux pas t'entendre. J'ai quelque chose à te dire, Tarek.

Il déglutit.

— Très bien.

— Tu utilises ta cécité comme excuse pour te vautrer dans tes peurs. Rien ne cloche avec toi. Tu contribues tout autant à la société zandianne qu'un autre et si tu oses croire un jour que notre enfant est diminué parce qu'il ou elle a tes gènes, je t'*écraserai*.

C'est une menace ridicule, puisque je ne pourrais pas écraser son petit doigt, mais j'en pense chaque mot.

— J'aime notre bébé et je ne te laisserai pas le ou la rabaisser, qu'elle soit aveugle ou pas.

Tarek prend une drôle d'expression.

— Elle ?

— Ou il.

Je pose une main sur mon ventre. Il penche la tête dans cette direction comme s'il suivait mes mouvements avec ses capteurs.

Puis il me surprend en se mettant à genoux devant moi et il couvre mon abdomen de ses grandes paumes.

— J'aime notre petit, moi aussi, dit-il d'une voix rauque. Et je suis désolé d'avoir mal réagi. J'ai honte de moi. Zina, quand j'étais là-bas en territoire ocretian, sans savoir si on allait survivre ou mourir, ça me déchirait que les dernières paroles que je t'aie adressées t'aient fait pleurer.

« J'étais conscient que je pourrais ne plus jamais te toucher. Rire avec toi. Ou tenir notre petit. Et tu as raison, ça n'a pas d'importance que le jeune ait mes gènes ou pas. Ce qui l'est, c'est que c'est le nôtre. Le tien et le mien. Ce qui compte, c'est que je veux – *bordix*, j'ai besoin qu'on soit une famille ! J'ai envie de prendre soin de toi, de te faire rire et de te donner du plaisir.

Quand je pose une main sur sa tête et caresse légère-ment l'une de ses cornes avec mon pouce, il glisse les siennes dans le creux de mes reins et me serre contre lui.

— Je veux être ton maître, poursuit-il à voix basse.

Son ton nous promet de la volupté.

Je tombe sur lui, jette mes bras autour de son cou et entoure sa taille de mes jambes alors qu'il est toujours à genoux.

Il rit et pose sa bouche dans mon cou, ses dents effleurent ma peau, sa langue joue avec moi en me donnant seulement quelques coups.

Bayla s'éclaircit la gorge et Enya reste à quelques pas de là.

— Enya et moi allons vous laisser tous les deux, alors, lance-t-elle. Nous sommes heureuses que tu sois rentré sain et sauf, Tarek.

Il fait un signe sans y penser.

Je referme mes cuisses autour de lui, me frotte contre la bosse de son sexe durci.

— Je sens ton excitation, petite humaine.

Je serre ses deux cornes et il gronde sous la surprise, sa verge palpite entre nous.

— Je te veux, Tarek, murmuré-je.

Ma voix est assez rauque pour transmettre exactement la façon dont j'ai envie de lui.

— *Bordix !* grogne-t-il en se relevant sur ses pieds.

Je continue d'effleurer et de tirer ses cornes pendant qu'il marche et court sur tout le chemin menant au dortoir, où il m'assoit sur le lit et se met à genoux sur le sol devant moi.

— Retire ta culotte, petite humaine.

Je me dépêche d'obéir, ma fente féminine est déjà humide pour lui. À l'instant où je l'enlève, il écarte mes cuisses et enfouit sa tête au milieu. J'ai un sursaut sous le choc de plaisir lorsque sa langue de velours explore mes replis. Il ne voit peut-être pas, mais Tarek laisse ses sens le guider. Sa prise sur mes jambes se resserre quand je me tords.

Je crie quand il trouve mon clitoris.

— Tarek !

Je suis haletante, puis je me souviens de caresser ses cornes. À l'instant où je les touche à nouveau, il accélère, ses mouvements deviennent frénétiques.

Je perds la tête, j'empoigne ses cornes et frémis sous ses lèvres. Il insère son index en moi et commence à faire des va-et-vient. Je miaule, je suis si près de l'orgasme !

— C'est ça, Zina ! dit-il d'un ton bourru. Fais-moi entendre tes cris. Je veux le savoir quand tu aimes.

— C'est si bon ! Si bon !

Les mots s'écoulent de ma bouche. Il glisse un second doigt et mon ventre frissonne sous les contractions de mon périnée.

— Oui... s'il te plaît, Tarek.

— S'il te plaît, quoi, petite humaine ? Tu souhaites avoir ton orgasme ?

— Oui !

Il retire sa main et lève la tête.

— Je ne crois pas.

— Qu-quoi ?

Je suis haletante, je peux à peine réfléchir.

— Je veux venir en toi, dit-il en se remettant sur ses pieds et en serrant son érection à travers son pantalon de pilote.

Je cherche à me saisir de sa tunique et l'empoigne. Je le tire sur moi. Il s'esclaffe en tombant, se soutenant avec ses bras et m'embrassant.

— Dépêche-toi, Tarek, l'incité-je, désirant désespérément jouir.

Il rit à nouveau.

— Tu veux ça, petite humaine ?

Il libère son sexe.

— Oui, soufflé-je en tendant la main vers son membre.

Je le guide en moi et il s'enfonce profondément, m'écartant de sa grande circonférence. Je gémis de satisfaction. C'est si bon !

— *Bordix*, Zina ! Comment j'ai pu nier que nous sommes faits l'un pour l'autre ?

— Je ne sais pas comment tu as pu ?

Il me donne des coups de reins plus fort. Plus vite.

— Je vais me rattraper. Envers le petit et toi.

Son souffle devient plus irrégulier.

Je suis déjà prête à exploser.

Le lit cogne contre le mur, le frappant à chaque va-et-vient sauvage.

— Maintenant, Zina ! grogne Tarek.

— Quoi ? Oh !

Il s'engouffre profondément et reste, son sperme chaud me remplit.

Mes muscles se contractent et palpitent autour de son large sexe, récupérant sa semence arc-en-ciel dans un merveilleux orgasme.

Tarek frotte son nez contre mon cou.

— Je t'aime, Zina. Je suis désolé d'avoir eu la tête trop fortement enfoncée dans mon derrière pour pouvoir l'accepter.

Je respire son parfum et m'accroche à son bras vigoureux.

— Je t'aime aussi, Tarek, murmuré-je. Tu es le seul mâle pour moi.

Épilogue

T *arek*

— Les moteurs du vaisseau font vroum-vroum-vroum, vroum-vroum-vroum, vroum-vroum-vroum, les moteurs du vaisseau font vroum-vroum-vroum, partout dans l'ciel.

Dans l'annexe d'un dôme d'entraînement, un chœur de petites voix chante, guidé par la plus belle d'entre toutes – celle de ma compagne.

J'entre dans la pièce, un sourire aux lèvres.

Je n'ai pas besoin de voir pour savoir comme elle est magnifique, debout au milieu des minuscules métis, son ventre gonflé par notre enfant.

Zina a ouvert une école prématernelle où quelques autres humaines et elle, ainsi que deux femelles zandiannes âgées, s'occupent des jeunes pour la communauté et leur enseignent un mélange des cultures terrienne et zandianne.

Son amie Abbi et elle ont travaillé pour recenser des

chansons et des histoires qui ont été transmises à travers les générations, plusieurs d'entre elles proviennent de leur monde d'origine, avant que les Ocretians s'emparent de la planète et réduisent ses habitants en esclavage.

Elle a réellement un don pour gérer les enfants, qui sont cent fois plus émotifs et irrationnels que les adultes humains, même avec leurs gènes zandians. Elle encourage, câline et redirige, elle parvient, on ne sait comment, à garder le groupe discipliné, mais aussi heureux et dynamique.

Cela m'amuse de me souvenir de ma douce compagne essayant d'apprendre la navigation alors que sa véritable voie est là.

J'arrive derrière elle et l'enserre dans mes bras, posant fermement mes paumes sur son ventre arrondi.

Les enfants gloussent.

— Dites bonjour au guerrier Tarek.

— Bonjour, guerrier Tarek, disent-ils en chœur, continuant par plus de rires.

Zina tourne son visage vers le mien et je lui vole un baiser rapide. Mes capteurs relèvent les morceaux de cristaux zandians sur son nez et le lobe de ses oreilles, la marquant comme ma compagne.

Oui, c'est vrai. C'est officiel, je suis lié – ce que je n'aurais jamais cru possible. Quand je suis rentré de ma mission des satellites-espions, j'ai demandé au roi Zandia une dispense pour Zina et il me l'a accordée.

— Très bien, les enfants, vos parents seront là d'un moment à l'autre. Allez dans votre casier et récupérez vos affaires. Ensuite, revenez vous asseoir sur le tapis.

Miraculeusement, ils lui obéissent tous, les petits comme les grands.

Je secoue la tête d'émerveillement.

— Je ne sais pas comment tu fais. Tu es vraiment un don pour Zandia.

Je sens son sourire, sa douceur, avant même que je note les informations avec mes capteurs. Mais ce n'est pas inhabituel. Parfois, je ressens de l'amour qui se déverse d'elle, remplissant mon torse de chaleur. C'est comme si ma cécité me permettait de percevoir des choses que personne d'autre ne voit.

Et je n'abandonnerais ça pour rien au monde.

— Allez, on va être en retard.

Je tire la main de Zina.

On a un rendez-vous de contrôle avec le docteur Daneth aujourd'hui pour le bébé. Même si je me suis résigné à tout ce qui pourrait arriver à notre petit, je suis toujours à cran. Ma peur de regarder Zina mourir comme mon père a perdu ma mère m'empêche de dormir, bien que d'après le médecin, les progrès en médecine empêchent ce scénario de se reproduire.

— Très bien. Je dois y aller, vous allez pouvoir vous débrouiller pour la suite ? demande Zina à l'une des Zandiannes âgées.

L'ancienne acquiesce avec un sourire serein. Il reste seulement quelques aînés dans notre société, mais ils voient la plus grande gloire dans le retour de notre espèce et dans la nouvelle génération de métisses.

J'entremêle mes gros doigts dans ceux plus fins de Zina et nous traversons la cour pour le centre médical du docteur Daneth.

Zina me serre la main quand on entre.

— Tu n'as pas à t'en faire.

Je l'attire contre moi et l'embrasse passionnément.

— C'est tellement adorable, *bordix* ! lui dis-je entre les baisers. Ma fragile humaine réconfortant son guerrier.

Je sens un flot d'amour se déverser d'elle.

— Tout va bien se passer.

Elle pose sa paume sur ma joue.

J'entends une gorge s'éclaircir et je relâche ma femme pour me tourner vers Riya, l'infirmière.

— Zina, mets ce peignoir, s'il te plaît, et assois-toi sur la table. Je vais prévenir le docteur Daneth que tu es prête pour l'examen.

J'aide Zina à se déshabiller et à enfiler le vêtement fourni. Elle n'a pas besoin de mon assistance, mais je ne peux rien faire de plus pour contribuer à la gestation de notre jeune. Les femelles supportent tant de choses !

Le docteur Daneth entre, prélève quelques échantillons de sang et les insère dans une machine pour analyse. Puis il utilise un petit moniteur sur le ventre de ma compagne. Un hologramme apparaît au-dessus d'elle, projetant ce qui se trouve à l'intérieur.

Je suis incapable de voir ces images, mais quand Zina lance un cri de surprise, je lui écrase pratiquement la main dans la mienne.

— Son pouce est dans sa bouche, Tarek ! s'exclame-t-elle. C'est si incroyablement mignon !

J'entends les larmes dans la voix de ma compagne et je sens de l'humidité me monter aux yeux, même si les guerriers ne pleurent jamais.

— Vous êtes certain que c'est une femelle ?

— Complètement, affirme le docteur Daneth.

Il nous l'a déjà dit, mais je revérifie deux ou trois fois tout ce qu'il nous apprend.

— Et... ses yeux ? Sa vue ?

Daneth éteint le moniteur et va vers la machine pour les analyses de sang. Nous sommes au stade où le gène mutant devait apparaître. S'il ne découvre pas de changement à ce stade, elle sera sauve. Bien sûr, il a aussi mentionné qu'il n'y avait aucune garantie.

— Ses gènes semblent être un mélange normal entre humaine et zandian. Je ne vois aucune mutation.

Je soupire avec force, puis j'attire Zina dans mes bras, déposant des baisers sur ses cheveux, ses joues, son front.

— Tout va bien. Elle est en excellente santé. Tout se passera bien.

— Elle sera parfaite dans tous les cas, intervient Zina.

C'est ce qu'elle dit depuis le début.

— Je sais, mais je suis seulement si heureux ! Je l'aime tellement !

Par les étoiles, ma voix est maintenant étranglée !

— Moi aussi.

L'odeur salée des larmes de Zina me parvient et je la serre plus fort.

— On a fini, docteur ?

Parce que j'ai besoin de ramener ma compagne à la maison et de la prendre dans tous les sens. De lui donner la fessée comme elle aime et ensuite de la lécher jusqu'à ce qu'elle hurle.

— Oui, nous avons terminé.

Le docteur Daneth quitte la pièce et je retire le peignoir de Zina.

Mon sexe bondit quand mes capteurs notent sa nudité – la forme et la courbe de ses seins pleins, son ventre rond et son derrière bombé.

— Pas ici, Tarek, glousse Zina en devinant mes pensées.

— C'est vrai, dis-je en me saisissant de ses vêtements et en l'aidant à les enfiler. Partons, petite humaine. J'ai besoin de te faire crier.

L'odeur de son excitation m'atteint et elle parvient à la porte avant moi.

— Le dernier arrivé à la maison est une poule mouillée, dit-elle en me lançant l'une des expressions terriennes qu'elle a découvertes avant de se mettre à courir.

Je grogne et la pourchasse. Je la rejoins en un seul pas et je la prends dans mes bras.

— Tu penses que je vais te laisser marcher jusque chez nous, petite humaine ? Jamais ! Tu n'iras nulle part si ce n'est dans mes bras.

Elle rit doucement.

— Mon bêta de mâle, murmure-t-elle contre mon cou. Je t'aime tellement !

— Je t'adore, ma belle femelle.

Livre gratuit de Renee Rose

Abonnez-vous à la newsletter de Renee

Abonnez-vous à la newsletter de Renee pour recevoir
livre gratuit, des scènes bonus gratuites et pour être averti·e
de ses nouvelles parutions !

https://BookHip.com/QQAPBW

Ouvrages de Renee Rose parus en français

www.reneeroseromance.com/francaise/

Maîtres Zandiens

Son Esclave Humaine
Sa Prisonnière Humaine
Le Dressage de Son Humaine
Sa Rebelle Humaine
Sa Vassale Humaine
Son Compagnon et Maître
Animal de Compagnie Zandien
Sa Possession Humaine

Les Épouses Zandiennes

La Nuit des Zandiens
Achetée par les Zandiens
Dominée par les Zandiens
Les Lumières de Zandia
Détenue par le Zandian
Revendiquée par le Zandian

Alpha Bad Boys

La Tentation de l'Alpha

Le Danger de l'Alpha

Le Trophée de l'Alpha

Le Défi de l'Alpha

L'Obsession de l'Alpha

L'Amour dans l'ascenseur (Histoire bonus de La Tentation de l'Alpha)

Le Désir de l'Alpha

La Guerre de l'Alpha

La Mission de l'Alpha

Le Fleau de l'Alpha

Le Secret de l'Alpha

La Proie de l'Alpha

Le Sang de l'Alpha

Le Soleil de l'Alpha

La Lune de l'Alpha

La Serment de l'Alpha

La Vengeance de l'Alpha

Le Ranch des Loups

Brut

Fauve

Féral

Sauvage

Féroce

Impitoyable

Deux Marques

Indomptée (libre)

Temptée

Désirée

Séduite

Les Nuits de Vegas

Roi de carreau
Atout cœur
Valet de pique
As de cœur
Joker Mortel
Dame de trèfle
Cartes sur Table
Bonne Pioche

La Bratva de Chicago

Prélude
Le Directeur
Le Stratège
Possédée
L'Homme de Main
Le Hacker
Le Bookmaker
Le Nettoyeur
Le Coureur
Le Gardien

Série Made Men

Ne m'Aguiche Pas
Ne me Tente Pas
Ne m'Oblige Pas

Dompte-Moi

Son Maître Royal
Oui, Docteur
Son Maître Russe

Son Maître Marine
Soumise à leur Punition
Son Maître Pompier
Son Maître Cuistot

Alpha des montagnes

Le héros
Rebel
Le Guerrier

Série Chicago Sin

Nid de Péché
Ancré dans le Péché

À propos de Renee Rose

RENEE ROSE, AUTEURE DE BEST-SELLERS D'APRÈS USA TODAY, adore les héros alpha dominants qui ne mâchent pas leurs mots ! Elle a vendu plus d'un million d'exemplaires de romans d'amour torrides, plus ou moins coquins (surtout plus). Ses livres ont figuré dans les catégories « Happily Ever After » et « Popsugar » de USA Today. Nommée *Meilleur nouvel auteur érotique* par Eroticon USA en 2013, elle a aussi remporté le prix d'*Auteur favori de science-fiction et d'anthologie* de Spunky and Sassy, e celui de *Meilleur roman historique* de The Romance Reviews. Elle a figuré dix fois sur la liste des best-sellers de USA Today avec ses livres Bratva de Chicago, Wolf Ranch et Bad Boy Alpha et plusieurs anthologies.

Abonnez-vous à la newsletter de Renee pour recevoir des scènes bonus gratuites et pour être avertie de ses nouvelles parutions!

https://www.subscribepage.com/reneerosefr

À propos de Rebel West

Rebel West crée des romans de science-fiction futuristes qui se déroulent sur la planète Luminar. Ses habitants sont beaux et bien pourvus, avec des abdos en béton, des yeux bleu nuit et un penchant dominateur qui va vous couper le souffle.

Rebel West coécrit la série de harem inversé des Épouses Zandiennes avec Renee Rose.

Elle écrit également des romances autonomes sous le nom d'Alexis Alvarez.